D0766536

LE CŒUR D'UNE AUTRE

Née en 1961, Tatiana de Rosnay est franco-anglaise. Auteur de onze romans, dont *Elle s'appelait Sarah*, *Boomerang* et *Rose* (prix Hauserman), elle est l'écrivain française le plus lu en Europe en 2011. Elle vit à Paris avec sa famille.

TATIANA DE ROSNAY

Le Cœur d'une autre

ROMAN

ÉDITIONS HÉLOÏSE D'ORMESSON

Toute ressemblance avec des personnages existant ou ayant existé serait une pure coïncidence.

© Éditions Héloïse d'Ormesson, 2009.
ISBN : 978-2-253-12772-7 – 1re publication LGF

Préface à la nouvelle édition

C'est avec une grande joie que je vois « renaître » ce livre, longtemps épuisé. Je l'avais écrit en 1997, juste avant *Le Voisin*. J'avais eu l'idée de ce roman en regardant un soir à la télévision un documentaire passionnant sur les greffes et le don d'organes. Un homme racontait sa nouvelle vie avec le cœur d'un autre.

Le don d'organes, on le sait, est anonyme. On ne peut pas savoir qui était son donneur. Mais les romanciers ont tous les droits, n'est-ce pas ? Et la petite graine était déjà plantée. Que ressent-on avec un nouveau cœur ? Que se passe-t-il, exactement ? Et si on se mettait à voir les choses autrement ? Et si nos réactions, nos sensations, nos émotions, nos intuitions n'étaient plus les mêmes ?

En relisant ce roman pour cette nouvelle édition, je me suis rappelé le vif plaisir que j'avais ressenti en l'écrivant. Il y a là une galerie de personnages assez irrésistibles que j'ai retrouvés avec joie : Bruce Boutard, quadra misogyne et bourru, qui se bonifie au fil de l'intrigue, le couple d'excentriques Cynthia et Kenneth Weatherby – *so British !* –, l'énigmatique Lorenzo Valombra, l'attachante Pandora Landifer, inspirée par mon inoubliable grand-mère russe, Natacha. Et puis il y a une certaine Constance, mais je n'en dirai pas plus sur elle, à vous de la découvrir... Mes lecteurs y retrouveront ma passion pour l'Italie, déjà explorée dans *L'Appartement témoin*. Cette fois, je les emmène en Toscane, au cœur de Florence. Il y a un certain humour, aussi, dans ce livre, ce qui n'est pas le cas de tous mes romans ! Et, également, une scène étonnante, un peu audacieuse, quand Bruce Boutard fait l'amour pour la première fois avec son nouveau cœur.

D'habitude, dans mes romans, ce sont les maisons et les appartements qui parlent et qui font revivre le passé, comme dans *Rose, Elle s'appelait Sarah, Boomerang, La Mémoire des murs, L'Appartement témoin*. Mais ici, c'est un organe greffé, un cœur qui, en changeant de corps, va se remettre à palpiter dans une nouvelle poitrine, encore empreint d'émotions antérieures... Bruce Boutard, comme Julia Jarmond, Pascaline Malon, Justine Wright, Antoine Rey et Colombe Barou, veut connaître la vérité à tout prix.

Qui était son donneur ? Quelle était sa vie ? Pourquoi, depuis qu'il a ce nouveau cœur, se met-il à vivre différemment ?

Suivez-le à travers ces pages, et vous le saurez...

Tatiana de Rosnay,
Paris, le 18 mai 2011.

Préface de Joël de Rosnay

Une greffe de cœur peut-elle changer la psychologie et le comportement d'une personne ? À l'époque, en 1996, lorsque Tatiana m'a parlé du projet de son livre, il n'y avait aucun élément scientifique qui permettait de confirmer une telle hypothèse. Certes, une personne en meilleure forme grâce à un cœur fonctionnant correctement pourrait effectivement se sentir mieux dans son corps et dans sa tête, voire agir différemment. Ceci pouvant être mis sur le compte d'une meilleure circulation sanguine, d'une pression artérielle adaptée et d'une oxygénation optimale des tissus et des organes. Donc, sur la résistance à la fatigue et sur le développement de propriétés énergétiques impossibles avec un cœur malade. Tatiana était préoccupée par cette question au moment de la rédaction de son livre. Elle m'interrogeait régulièrement sur de telles possibilités de modification des caractéristiques physiques et psychologiques d'un individu. Nous avions des discussions assez enflammées à ce sujet car il n'y avait aucune preuve scientifique de tels changements. Les doutes persistèrent. Mais le talent d'une romancière n'est-il pas justement de créer cette zone de questionnement entre la réalité et la fiction ?

Le livre terminé, Tatiana me fit lire son manuscrit. La description du caractère du héros du livre me passionna : un homme désabusé, déçu de la vie, doutant de lui-même, machiste, faussement bon vivant et tirant plaisir d'actions et de relations futiles. Après sa greffe de cœur, progressivement, le voici qui se transforme en une personne ouverte aux autres, motivée, retrouvant le goût des femmes et celui des voyages, allant même jusqu'à se passionner pour l'art. Quels bouleversements dans sa vie ! Malgré tout, entre Tatiana et moi, la discussion se poursuivait sur les causes et les conséquences de tels changements. Mais progressivement la science s'est introduite dans notre débat. Au cours des cinq dernières années, une nouvelle discipline a fait irruption en biologie. Elle s'annonce comme l'un des plus grands bouleversements de ce secteur depuis les cinquante dernières années. Elle a pour nom l'épigénétique. À la différence de la génétique, qui démontre que l'ADN représente le programme qui fait fonctionner toutes nos cellules et donc notre corps, l'épigénétique porte sur la modulation de l'expression des gènes. Comment notre comportement (et notamment la nutrition, l'exercice, la gestion du stress, le plaisir ou le réseau social) peut déclencher la production de molécules qui agissent de l'intérieur, en inhibant ou en activant certains gènes. Mais, réciproquement, certaines modifications épigénétiques résultant de l'absorption régulière de substances naturelles, de la pratique de la méditation ou de nouvelles formes non conflictuelles de relation aux autres peuvent modifier le comportement d'une personne. Qu'en est-il alors de la greffe d'un organe ? Un nouvel organe fonctionnel, comme un cœur, un foie, des poumons ou un rein, pourrait-il agir sur le comportement en le modifiant en profondeur ? Une telle hypothèse n'est plus rejetée aujourd'hui, grâce, notamment, à une meilleure compréhension de l'épigénétique. L'action de certaines hormones, de nouvelles régulations du métabolisme, le ressenti intérieur de ce qui se déroule dans le corps ont certainement une influence sur le cerveau et, indirectement, sur les fonctions fondamentales des organes et leurs interdépendances.

Tout en laissant planer un doute raisonnable sur la base biologique de son livre, Tatiana valide indirectement une nouvelle approche scientifique. Ce qui rend encore plus intéressante la description romancée de la modification fondamentale d'un être humain. D'où le suspense et l'intrigue passionnante de ce beau livre. Mais de là à accepter que le héros de l'histoire puisse épouser les aspirations et les goûts de la femme dont le cœur bat dans sa poitrine, c'est une autre histoire ! Cela restera sans doute le secret de l'intrigue. Nous n'avons pas fini d'en discuter, avec Tatiana… Un autre secret à la base de tous ses romans, couplé à la mémoire des lieux. Une mémoire elle aussi retrouvée à un moment clé, cause d'un retournement surprenant, émouvant et, sans doute, le plus passionnant du livre.

À Joël, mon père.

« *On dirait que mon cœur et mon esprit*
n'appartiennent pas au même individu. »

Jean-Jacques ROUSSEAU,
Les Confessions.

« *Rodrigue, as-tu du cœur ?* »

Pierre CORNEILLE, *Le Cid.*

J'avais les habitudes lugubres d'une vieille fille; ces vieilles filles velues à bouillottes qui se parlent seules à voix basse, qui portent des chaussettes de laine pour dormir et leur Damart même quand il fait chaud. Rien de tragique, pourrait-on dire. Rien d'extraordinaire. Cependant – hélas! –, il s'avère que je suis un homme.

Lassé du tête-à-tête permanent avec mon téléviseur, je dînais presque chaque soir dans un restaurant sans prétention en bas de chez moi. « Le Bistrot de Ginette » était un antre aux murs vieux rose et aux tables de formica à la surface huileuse. Là, personne ne m'adressait la parole, si ce n'était pour prendre ma commande, toujours la même : la « formule » à cinquante-cinq francs, pichet de rouge compris, suivie d'un café serré. La patronne me connaissait et veillait à ce qu'on me serve avec une rapidité efficace. On me gardait la même table, à l'écart des autres, où je pouvais lire *L'Équipe* sans être dérangé, éloigné du juke-box qui ne jouait que des airs de Dalida.

Je renâclais à m'aventurer dans les magasins, aussi commandais-je par correspondance mes habits, pyjamas, slips, chaussettes et chaussures, choisissant d'année en année les mêmes modèles, souvent les moins chers (et par conséquent, les plus laids), car je trouvais que c'était là un gain de temps et d'argent. Je me faisais également porter une fois par semaine, le samedi, par un livreur taciturne (une aubaine, car je ne me sentais pas obligé de lui faire la conversation), un carton dont le contenu variait peu : café, sucre, saucisson, boudin, vin rouge, bière, pain blanc, beurre demi-sel et pâté.

Chez moi, un répondeur branché en permanence me permettait de ne pas décrocher lorsqu'on m'appelait, car je méprisais le téléphone. L'enregistrement de l'annonce d'accueil m'avait donné quelques soucis. Déclamer d'un ton désinvolte et joyeux : « Bonjour, vous êtes bien chez Bruce Boutard ! Je ne suis pas là, mais merci de me laisser un message après le bip sonore ! Je vous rappelle ! À bientôt ! » ne me convenait pas. J'optai pour un sépulcral : « Ceci est un répondeur. À vous. » On me reprochait souvent la froideur expéditive de ce message. Mais elle me plaisait.

En réalité, je m'appelle Brice, un prénom que j'ai toujours trouvé précieux et efféminé. Les consonances viriles et abruptes de « Bruce » me séduisirent à l'âge de dix ans, dès ma première lecture d'une bande dessinée célèbre, *Batman*, dont le héros, Bruce Wayne, se métamorphosait d'un paisible héritier en une chauve-souris justicière. Ce fut l'affaire d'un changement de syllabe. Trente ans plus tard, il n'y avait plus que mes grandes sœurs pour persister à me donner du « Brice ».

La consécration mondiale d'une star hollywoodienne, Bruce Willis, fit en sorte que ce prénom d'adoption soit enfin prononcé correctement : « brousse », et non « brusse ». En revanche, l'allure massive de Willis, ses biceps, sa haute stature et son sourire charmeur m'apprirent à mes dépens que je m'étais désormais encombré du prénom d'un séducteur. Ce qui n'était pas mon cas. Et en prenant de l'âge, cela ne s'arrangeait guère.

J'avais dû être vaguement beau vers vingt ans, mais à quarante-deux – mon âge quand tout a débuté –, l'emprise des années avait clairsemé ma chevelure et creusé les traits de mon visage, les rendant aussi anguleux qu'un portrait de Modigliani. Ma taille fluette, mes épaules rentrées, mon torse concave semblaient eux aussi avoir été évidés par le temps, rongés par les intempéries de la vie, et seules mes prunelles avaient su conserver un éclat dont je m'enorgueillissais. Mon ex-femme disait (à l'époque où elle m'aimait encore) que mes yeux étincelaient comme ces eaux mi-vertes, mi-bleues, que l'on trouve à l'embouchure de la Rance, où nous passions des vacances en famille avant le naufrage de mon mariage.

Après Élisabeth, je songeai à refaire ma vie. Mais la perspective d'un nouvel engagement me tentait peu, et la peur d'un échec me taraudait. Je me sentais coupable. J'avais fait souffrir Élisabeth depuis le début ; je l'avais trompée sans relâche. Un bébé mort-né, quelques années après la naissance de notre fils Mathieu, vint aggraver la tristesse de ma femme. Elle accepta un temps mes infidélités, puis me quitta sans crier gare.

L'été des dix ans de Mathieu, elle prit le large, m'abandonna sur la plage de l'Écluse à Dinard comme on laisse une voiture en panne au bord d'une route déserte. De ce départ, je gardai le souvenir d'une tristesse indicible et d'un grand soulagement. Enfin seul ! Je n'avais plus besoin de me cacher, de mentir, de ruser. Les femmes n'allaient-elles pas me tomber dans la main comme des fruits mûrs ? J'étais prêt à m'en gaver jusqu'à l'indigestion.

Étrangement, mes quelques conquêtes sortaient du même moule que celles d'avant mon divorce : des filles jeunes, plutôt niaises, encore fraîches. Je m'en contentais avec une placidité résignée, sachant au fond de moi qu'une femelle trop perspicace aurait vite fait de me sonder, de mettre à nu mes déficiences. Je préférais endosser le rôle facile du mufle maussade devant lequel ces nigaudes s'aplatissaient, esbroufées par mes sautes d'humeur d'ours mal léché.

Après le départ d'Élisabeth, grisé par les attraits de ma liberté retrouvée, une misogynie inavouée poussa en moi comme de la mauvaise herbe. Je désirais autant les femmes, mais plus j'accumulais de béguins insipides, plus mon dédain envers elles s'accentuait, comme si je les rendais responsables de ma propre inconstance. J'avais toujours eu le goût des femmes, mais c'était une faim facilement rassasiée et qu'au fond je jugeais méprisable. J'étais de ces hommes qui, une fois la femelle conquise, n'aspiraient qu'à une envie : fuir. Seule la chasse m'excitait, ce moment précis où une femme capitule, où l'on sait qu'il suffit de quelques gestes pour la posséder.

Je ne ramenais jamais de femmes chez moi. J'allais chez elles, et, une fois l'acte consommé, je rentrais. Depuis un certain temps, mes aventures s'espaçaient. Je ne me souvenais déjà plus de la dernière. Elle n'était qu'un lointain et nébuleux souvenir. En vieillissant, courtiser une femme, l'emmener dîner, lui faire la conversation, écouter la sienne, me demandait trop d'efforts. Je me montrais souvent impatient. Ces dames n'appréciaient guère mon empressement, et lorsque j'avais eu mon content de lèvres pincées et d'yeux courroucés, j'allais voir les putes du côté du bois de Vincennes. Là, c'était l'affaire de quelques minutes, dans ma voiture, ou dans une Sanisette aux relents d'eau de Javel, en bordure d'un grand boulevard.

S'il pleuvait, ou si les belles de nuit arboraient des rictus d'héroïnomanes en manque, je louais des films pornographiques à un vidéo-club. Je ressentais parfois de la honte à visionner de telles cassettes. Les acteurs dotés de pénis démesurés me complexaient. Un vide m'envahissait après ces orgasmes solitaires, et la jouissance elle-même, bien qu'intense, me paraissait souvent creuse et rapide. Mais, à la longue, j'avais appris à m'en satisfaire.

Je me revois au début de mon histoire, avachi face à mon ordinateur, la lippe boudeuse, l'œil morne, allumant une cigarette alors que le cendrier à droite de ma souris débordait déjà de mégots malodorants.

Cela faisait sept ans que je travaillais à la société Digital-Epilog, rue d'Amsterdam. Autour de moi, médusés par leurs écrans, les analystes programmeurs que je dirigeais en tant que chef de projet informatique se parlaient à peine tant que les ordinateurs restaient allumés. Le soir venu, si les plus bavards osaient enfin prendre la parole, leur discours s'éloignait rarement de leur profession.

J'entendais plus souvent « J'ai des problèmes avec l'encryptage RSA pour éviter des trous dans JAVA sur le nouvel Explorer » qu'un commentaire sur le dernier film à succès. D'autres, plus sauvages encore, persistaient à garder le silence, comme si le seul jargon qui leur était intelligible restait le langage C ou les protocoles sous Unix, codes cabalistiques avec lesquels ils jonglaient toute la journée, doigts aussi habiles sur un clavier AZERTY qu'un pianiste virtuose devant son Steinway.

Depuis mon divorce, j'habitais un petit appartement rue de Charenton dont je ne m'étais jamais occupé. Tout effort de décoration me semblait superflu. Lorsque j'y avais emménagé, les murs étaient blancs comme neige. Quelques années plus tard, la nicotine y avait laissé son estampille jaunâtre et odorante, comme sur mes index et majeur droits. Les rideaux, les coussins du canapé, les draps, couver-

22

Les week-ends, je me levais à sept heures. Je détestais faire la grasse matinée. Après plusieurs tasses d'un café noir et sucré, je me promenais dans le quartier, Gauloise au bec. Je respectais toujours le même itinéraire, remontant le faubourg Saint-Antoine jusqu'à la place de la Nation, puis j'empruntais le boulevard Diderot qui rejoignait la rue de Charenton. Mains dans les poches, je marchais vite, sans regarder autour de moi. Il s'agissait de prendre l'air.

Si d'aventure quelque commerçant persistait à me saluer, je lui répondais d'un bref hochement de la tête. Je ne m'arrêtais jamais dans un square, où j'aurais pu me reposer un peu, s'il faisait beau. Peuplés de pigeons sales, de mères de famille proprettes, de retraités bavards, d'enfants bruyants, de poussettes regorgeant de braillards, j'évitais ces petits carrés de verdure fanée et de sable poussiéreux. Je préférais rentrer chez moi suivre les émissions de sport à la télévision, une canette de bière à la main, une cigarette dans l'autre.

Ma solitude me pesait peu. À cause d'une sombre histoire d'héritage, je m'étais brouillé avec mes sœurs après le décès de notre mère, trois ans auparavant. Je ne les voyais plus. J'ai peu connu mon père. Il décéda d'une crise cardiaque lorsque j'avais dix-sept ans. Il m'avait eu sur le tard, vers la cinquantaine. J'étais le petit dernier. Je garde le souvenir d'un homme autoritaire, moustachu, qui levait souvent la main sur moi. Il brutalisait ma mère et mes sœurs, passait ses journées à nous donner des ordres ; secrètement, je le vénérais. Il savait se faire respecter. À sa mort, d'un coup, je devins l'homme de la maison. À mon tour d'aboyer, de trépigner.

Telle était ma vie, dans toute sa vacuité. Elle se dessinait devant moi, longue autoroute banale, dont la monotonie n'était brisée que par les mardis soir de Mathieu et le tennis avec Stéphane, comme l'apparition fugitive et inopinée d'une biche traversant l'asphalte. Je m'apprêtais à vieillir ainsi.

Du moins, le croyais-je.

Le nez « cyranesque » du Dr Lacotte s'était rétréci, recroquevillé dans son visage joufflu comme un mollusque aspergé de jus de citron. Dépoitraillé, allongé sur la table d'examen, je scrutai son faciès rebondi, inquiété par son silence, tandis qu'il écoutait mon cœur, l'oreille à l'affût de ses pulsations.

Cela faisait un certain temps que je n'étais pas en forme. Je dormais mal, mangeais mal, buvais trop. Les cigarettes avaient désormais une saveur amère ; et la première du petit matin, pourtant ma préférée, me donnait la nausée. Je me levais fatigué, un arrière-goût de cendre dans la bouche, la tête bourdonnante, les tempes prises par un étau d'acier. Le soir, mes pieds semblaient gonflés, difficiles à retirer de mes chaussures, et mes chevilles étaient striées par l'élastique des chaussettes devenues trop serrées. Souvent, le souffle me manquait ; monter un escalier, courir, me laissait pantelant, les jambes coupées. Je me doutais bien qu'il fallait me reposer, mener une vie plus saine, me ménager. Consulter un médecin ? Mais après tout, j'étais jeune encore. J'avais le temps de voir venir.

Puis il y eut ce match de tennis avec Stéphane. Ce jour-là, en commençant à m'échauffer, j'eus l'impression que mon bras était devenu de plomb tant j'avais de peine à le soulever. Serrant les dents, je m'évertuais tant bien que mal à renvoyer la balle. La transpiration dégoulinait le long de mon cou, inondait mon dos et mon torse. Devant mes yeux virevoltait un essaim de mouches.

Stéphane, inquiété par mes gestes saccadés, me demanda si j'allais bien. Je fis mine de ne pas l'entendre. Un soleil printanier tapait sur le court. Je me sentis vite oppressé par une chaleur de plus en plus insupportable.

– Si tu veux, on arrête, lança-t-il, devinant que je peinais de l'autre côté du filet.

D'un geste vif, je lui fis comprendre que je désirais continuer. La partie reprit jusqu'au moment où une douleur lancinante remonta le long de mes bras et bloqua ma respiration. Je cessai de jouer pour tituber vers le banc qui longeait le court. Stéphane avait déjà saisi son téléphone portable pour appeler un médecin.

Le Dr Lacotte semblait perturbé. Cela faisait à présent vingt minutes qu'il écoutait mon cœur, reprenait ma tension, et gardait le silence. Je lui demandai si c'était grave.

– Votre cœur me donne du souci, dit-il enfin, me regardant au-dessus de ses lunettes en demi-lunes.

Qu'avais-je donc ? Un infarctus, une crise cardiaque ? Allait-on me faire un double, un triple pontage, m'opérer à cœur ouvert ? Ces termes médicaux barbares m'assaillirent comme des insectes bruyants. Pour la première fois de ma vie, j'eus peur.

— Votre tension m'inquiète aussi, et je n'aime pas ces œdèmes que vous avez aux jambes, ajouta-t-il. Il va falloir l'avis d'un cardiologue. Vous ferez des examens complets : un électrocardiogramme et une échographie du cœur. Voici les coordonnées d'un excellent collègue. Prenons tout de suite rendez-vous.

J'allai consulter son confrère cardiologue. Ce dernier me fit passer de nombreux examens, dont certains coûtèrent fort cher. Heureusement, j'étais couvert par une bonne mutuelle. Quelques semaines plus tard, le médecin demanda à me voir. Au téléphone, sa voix était neutre. Mais je m'attendais au pire. Je me rendis à son cabinet.

— Vous souffrez d'une cardiomyopathie obstructive au stade préterminal, m'annonça-t-il de but en blanc. C'est une grave pathologie du muscle cardiaque survenant à tous les âges de la vie, et qui cause une dilatation progressive et fatale du cœur.

— Cela se soigne ? demandai-je.

Il me regarda.

— Non. Cela ne se soigne pas.

— Mais alors ?

— Il n'y a qu'une seule chose qui puisse vous sauver, monsieur.

Il y eut un silence dans la pièce.

— C'est une greffe. Vous avez besoin d'un nouveau cœur. Je viens d'avoir le professeur Berger-Le Goff au téléphone, il dirige le service de chirurgie cardio-vasculaire de La Pitié. Il vous attend.

Le professeur était un homme aux yeux perçants et à la voix grave et rocailleuse. Ses doigts interminables se courbaient autour de son étui à lunettes avec une grâce fascinante. J'appris que je serais accueilli dans son service afin d'y passer une série d'examens pour déterminer si une greffe était possible. Puis, si le résultat était positif, il fallait attendre mon greffon ; ce qui risquait, m'avait prévenu le professeur, d'être long et difficile. Six mille personnes attendaient un organe.

– Et après l'opération, pourrai-je retrouver une vie normale ? lui demandai-je.

– Vous traverserez une période de convalescence assez longue. Par la suite, si tout risque de rejet est écarté dans les premiers mois décisifs, vous aurez une vie normale, malgré une surveillance médicale prolongée et la prise de certains médicaments. Boire et fumer vous seront déconseillés, bien entendu. Vous ferez du sport, pour bien faire travailler votre cœur, et vous apprendrez à vous nourrir de façon optimale.

En me quittant, il m'avait lancé cette phrase sibylline :

– Désormais, vous ne serez plus tout à fait le même homme. Votre vie va changer. (Il marqua une pause, me regardait, pesait ses mots.) Ne l'oubliez pas.

Il m'incombait à présent de prévenir mon fils de ce qui allait bouleverser sa vie et la mienne, et, sans tarder, je le convoquai rue de Charenton. Je le revois, assis dans mon salon dépouillé, buvant mes paroles. Il était calme. Beaucoup plus calme que moi. Comme d'habitude.

J'étais fier d'avoir un fils. Ma descendance était assurée ; je pouvais vieillir tranquille. Je pensais voir grandir un gamin qui me ressemblerait, un petit gars nerveux qui hériterait de mon mauvais caractère, mon obstination et ma passion pour le football, mais, très vite, je dus me rendre à l'évidence ; Mathieu possédait une personnalité qui n'avait rien à voir avec la mienne.

Vers huit ans, il commença à dessiner avec adresse et imagination. Il « inventait des maisons », faisant surgir sur le papier des demeures baroques, des forteresses gothiques, des villas rococo. Plus tard, ses dessins devinrent moins fantasques, plus précis, mais avec un style qui lui était particulier. Bac en poche, il nous annonça qu'il voulait devenir architecte. Élisabeth approuva, je rechignai, souhaitant pour mon fils des études plus conventionnelles. Mais Mathieu s'accrocha. Je m'inclinai, avec ma mauvaise grâce coutumière.

Mathieu ne se laissait pas impressionner par mon irascibilité ; il avait appris depuis longtemps à évincer ce flot de rage, à le détourner comme un boxeur évite les coups de son adversaire. En revanche, il ne supportait pas que j'insulte sa mère. Tout petit, Mathieu prenait déjà la défense d'Élisabeth, tentant de la protéger comme il le pouvait. Il me parlait avec fermeté, comme si c'était lui le père, et moi le fils. Je l'écoutais, hochant la tête, penaud. Je me calmais et partais dans le salon fumer cigarette sur cigarette devant la télévision, tandis qu'Élisabeth pleurait dans la cuisine.

Puis il y eut le fameux été où Mathieu vit sa mère s'en aller la tête haute après une dispute violente sur la plage. Il avait tout juste dix ans et savait qu'elle ne reviendrait plus. Nous rentrâmes à l'appartement pour trouver le placard vidé de ses affaires, et un mot pour son fils, lui demandant de ne pas s'inquiéter, qu'elle lui téléphonerait le soir même. À la rentrée, elle obtint le divorce. Mathieu, ballotté entre ses parents, un week-end chez l'un, quelques jours chez l'autre, sembla préférer cette nouvelle existence chaotique aux querelles incessantes du passé.

À dix-huit ans, c'était un jeune homme d'un mètre quatre-vingt-dix, sérieux, timide, attachant, qui portait ses cheveux châtains en catogan et arborait des petites lunettes rondes comme celles de John Lennon.

Mathieu m'écoutait, sans prononcer un mot. Comme un automate, je répétais ce que le professeur m'avait dit. Je ne comprenais pas le sens profond de mon discours ; je me laissais porter par les phrases d'un autre : « arrêt maladie d'une durée indéterminée », « prise en charge à cent pour cent par la Sécurité sociale », « période post-opératoire pénible ». J'étais malade et j'allais attendre une greffe. Cela risquait d'être long. Je devais m'arrêter de fumer, moi qui grillais trois paquets par jour !

Tout d'un coup, il était dans mes bras. Ses épaules tremblaient. Quelque chose de mouillé effleura mon front.

32

Mathieu pleurait.

– Papa… fit-il, la voix enrouée. J'ai peur pour toi…
Et si tu mourais ? Et si on ne te greffait pas à temps ?

Incrédule, je caressai d'une main maladroite sa
nuque courbée. Il sanglotait. Je ne savais pas quoi
répondre. Blotti contre moi, Mathieu avait de nouveau huit ans.

Je me suis souvenu des paroles du professeur, de son
expression lorsqu'il m'avait prévenu que ma vie allait
changer. Je commençais seulement à comprendre ce
qu'il avait voulu dire.

L'univers hospitalier m'était inconnu. Pendant quelques semaines, je dus me plier à ce nouveau rythme : réveil matinal, surveillance de la tension et de la température, prise de médicaments, examens, toilette.

Suivi d'une escorte d'internes, chefs de clinique, externes et infirmières, le professeur Berger-Le Goff effectuait ses visites quotidiennes à dix heures trente précises. Le service entier était au garde-à-vous.

– J'ai une bonne nouvelle pour vous, annonça le professeur, alors que j'entamais ma deuxième semaine d'hôpital et d'examens. Vous allez bientôt pouvoir rentrer chez vous. Les tests sont excellents. Maintenant, il faut vous armer de patience, et attendre un greffon compatible.

Jamais je n'oublierai ce retour à la maison. Dans la glace de la salle de bains, je me découvris voûté comme un vieillard, auréolé d'une foison de mèches blanches. Derrière moi, Mathieu me regardait, ne sachant que dire. À force de venir me voir chaque jour, il s'était habitué à ma nouvelle apparence. Mais sorti de l'hôpital, une fois parmi mes objets et mes meubles familiers, il mesurait le contrecoup de ma maladie.

Mon ennui s'épanouissait jour après jour comme le postérieur d'une boulimique. Je restais hébété devant la télévision à regarder tous les programmes, jusqu'aux dessins animés pour enfants. Les livres qu'on m'apportait me tombaient des mains. Les yeux fixes, j'étudiais des heures entières les craquelures du plafond, le motif rayé rouge et vert des rideaux, la peinture écaillée du chambranle de la fenêtre.

Mathieu s'installa chez moi, avec l'accord de sa mère. Je ne pouvais plus rester seul dans mon état. La présence de mon fils me réconforta. Il se montrait attentionné et tendre. Quelle charge je devais être pour lui ! Plateaux-repas, administration de médicaments, toilette ; rien ne lui fut épargné. Il s'y pliait pourtant avec grâce.

Je dus subir la visite de mes sœurs. Un soir, elles sonnèrent à l'improviste, et Mathieu fut bien obligé de leur ouvrir. Je n'ai jamais rien eu à leur dire. Surtout à l'aînée, Véronique. Sa jalousie envers le « petit dernier » que j'étais encore à ses yeux (en dépit de mes quarante ans passés) n'avait cessé de croître avec le temps. L'héritage de notre mère, qui m'avait favorisé, creusa l'abîme qui nous séparait. Comme elle devait jubiler de me voir affaibli par la maladie… « Brice » à terre ! Ah, ça valait le détour…

Molle quinquagénaire gonflée d'hormones et de fiel, Véronique me parut aussi laide que dans mon souvenir. Elle avait hérité du faciès ingrat de notre père, de son menton en galoche, de son nez aplati. Anne, gentille, mais anémique et geignarde, s'enlaidissait à coups de permanentes si compactes qu'on voyait son cuir chevelu meurtri luire à travers ses bouclettes.

Comment diable me débarrasser d'elles ? Allongé dans mon lit, impuissant, j'étais la proie idéale. Je me doutais bien que Véronique n'allait pas tarder à devenir méchante. C'était trop tentant ! Aussi sa langue de vipère se dénoua-t-elle avec effervescence, et une pluie de reproches, de critiques, s'abattit sur ma tête. Je pris abri sous la tente formée par ma couette. L'orage gronda jusqu'à ce que Mathieu, sans se faire prier, mît ses tantes dehors. Je crois qu'il en rêvait depuis longtemps.

– Petit con ! lui siffla Véronique, tandis qu'Anne pleurait comme une Madeleine.

Mathieu referma la porte sur ses invectives. Elle caqueta d'indignation sur le palier, puis s'en alla enfin, suivie de sa sœur qui hoquetait.

– Je crois qu'on ne les reverra pas de sitôt, fit mon fils avec satisfaction.

Stéphane passait souvent. Mais il ne restait pas longtemps. Il semblait gêné par mon état. Le temps de raconter trois blagues, de m'offrir des magazines de sport, des gadgets, il s'en allait déjà, tout sourires, comme soulagé.

Depuis combien de temps le connaissais-je ? Je fis un rapide calcul. Trente-cinq ou trente-six ans. Très vite, il était devenu beau gosse. Il avait toutes les filles du lycée à ses pieds. Les autres garçons le haïssaient. Nous rêvions tous – moi compris – de posséder son charisme, son audace, sa carrure athlétique. Je le suivais à la trace tel un poisson pilote dans le sillage d'un grand requin blanc, et je jouissais de son amitié et de sa protection comme d'un privilège. Généreux, il me cédait de temps en temps une de ses conquêtes peu farouches comme un seigneur jetterait les restes d'un festin à son fidèle serviteur.

Chaque jeudi pendant dix ans, qu'il pleuve, qu'il vente, qu'il neige, j'allais retrouver Stéphane dans une pizzeria à Montparnasse, « La Villa Borghese », un rendez-vous immuable que ni lui, ni moi. n'aurions manqué. Fusaient les souvenirs, les plaisanteries, les rires ; nous retrouvions notre jeunesse, sortions de table hilares et ragaillardis. À l'approche de la quarantaine, Stéphane préférait fréquenter des restaurants chers et à la mode. Pourquoi se contenter d'une pizza avec Bruce Boutard alors qu'il pouvait s'offrir du caviar à la louche en compagnie d'un champion de Formule 1, ou d'un mannequin célèbre ?

Les jeudis de la « Villa » furent ainsi reportés, puis annulés. Il nous restait nos matches de tennis, mais l'intimité particulière de ces déjeuners me manqua longtemps.

L'attente du greffon s'avérait ennuyeuse, mais supportable. J'étais placide. J'étais encore un patient facile, sauf que j'aurais fait n'importe quoi pour une cigarette. Dans ma tête, j'entendais le cliquetis du briquet, je m'imaginais inclinant le visage pour approcher la flamme de la tige cylindrée de papier blanc, me voyais aspirer la première bouffée pour savourer le goût âcre du tabac sur mon palais. Parfois, je rêvais que je fumais deux ou trois cigarettes en même temps ; ou alors, je les dévorais comme de la nourriture ; des brins de tabac s'immisçaient entre mes dents et me râpaient la gorge.

Lorsque je ne pouvais pas dormir, il m'arrivait de penser à mes parents. Je n'avais pas songé à eux, même de leur vivant. Mais, sous l'emprise de la maladie, les souvenirs affluaient. Après s'être cassé le col du fémur à quatre-vingts ans, ma mère ne pouvait plus marcher. Elle se déplaçait en chaise roulante. Elle souffrait en silence, sans jamais se plaindre. Son visage ridé, jauni comme un parchemin, avait déjà l'apparence figée d'un masque mortuaire. Après dix ans d'une lente déchéance, elle mourut une nuit dans son lit. À présent, coincé dans le mien, je comprenais ce qu'avait dû être son calvaire. Et je regrettais de ne pas lui avoir davantage témoigné mon affection.

Était-ce mon père qui m'avait transmis ce cœur de piètre qualité ? Le sien l'avait bien lâché dans la force de l'âge. Papa s'était effondré devant nous un soir dans le salon. Impossible d'oublier son visage bleu, sa langue énorme. On n'avait pas pu le ranimer ; il mourut sous nos yeux. Je me demandais aujourd'hui si mon cœur allait tenir le coup jusqu'à la greffe. Ne risquait-il pas de claquer en quelques secondes, comme celui de mon père ?

Au fil des jours, je supportais de moins en moins bien l'attente. C'était elle qui allait me tuer, bien plus que la cardiomyopathie qui étouffait mon cœur. Je devins mauvais, agressif, acharné. Mathieu encaissait.

Un jour, vers quinze heures, La Pitié téléphona. On avait un greffon pour moi ; l'ambulance était déjà en route. Je tournais en rond comme un ours en cage : mon calvaire était terminé ! Enfin on allait me greffer.

J'avais beau tendre l'oreille, pas la moindre sirène. Je me penchai par la fenêtre. Que faisait l'ambulance ? Y avait-il des embouteillages ? Je sentis sourdre en moi le doute.

Le téléphone sonna à nouveau. Je répondis, prêt à envoyer au diable tout interlocuteur inopportun. Je reconnus les tonalités graves du professeur Berger-Le Goff. Mauvaise nouvelle, m'annonça-t-il. Les parents du défunt avaient refusé le prélèvement à la dernière minute. Sur mes épaules descendit une chape noire qui me soumit à son opacité, à son poids. Je fermai les yeux.

– Tenez bon, Bruce.

Le professeur ne m'avait jamais appelé par mon prénom. Je raccrochai, prostré, près du téléphone. Je n'avais même pas le courage de pleurer.

Après cette fausse joie, je m'étais mis à guetter malgré moi, avec morbidité, les grands départs, les jours fériés, les « ponts », sachant que les routes seraient surchargées et les accidents plus fréquents. De toutes ces personnes qui allaient perdre la vie sur la route des vacances, n'y en avait-il pas une dont le cœur, les tissus, le groupe sanguin étaient compatibles avec les miens ? Avais-je le droit d'attendre la mort d'un autre pour pouvoir revivre ? Avais-je le droit d'espérer ?

Un été caniculaire s'abattit sur Paris. Immobilisé, à bout de forces, je me réveillais la nuit en sueur, la bouche sèche. Mon cœur malade me faisait mal. Je désirais plus que tout mourir d'un coup brutal, comme mon père, ou endormi, comme ma mère ; m'en aller sur la pointe des pieds sans déranger personne, afin de ne plus imposer aux autres l'image de ma souffrance.

Mathieu venait m'embrasser chaque soir avec une carafe d'eau fraîche qu'il posait sur la table de chevet.

– Courage, papa, murmurait-il, sur le pas de la porte.

Je hochais la tête, sans un mot. Puis je m'endormais en fixant le téléphone. Est-ce qu'il allait finir par sonner, par m'apprendre la fin de mon supplice, le début de ma nouvelle vie ?

Je n'y croyais plus. Je n'en pouvais plus. La mort m'envahissait petit à petit comme la marée montante. Désormais, rien ne pouvait l'entraver. Quand enfin le sommeil m'emportait, il me semblait que les battements de mon cœur se faisaient de plus en plus lents, comme les coups d'une horloge qu'on a oublié de remonter.

Ouvrir les yeux me semblait impossible. Deux masses inertes, vissées sur mes paupières, empêchaient leur entrebâillement. Je ne savais plus si je rêvais, si je dormais, si j'étais conscient. La perception de mon entourage, du matelas qui me soutenait, des liens qui m'attachaient au lit, des bruits extérieurs, s'était estompée, gommée par un pouvoir inconnu ; j'étais sous l'eau, dans un monde nébuleux, un clair-obscur aux reliefs inédits, où tout semblait à la fois familier et étranger. Tout tanguait, et j'évoluais dans cet univers bizarre avec la maladresse d'un nourrisson se mettant debout pour la première fois.

Mes yeux s'ouvrirent enfin sur un espace sombre aux contours flous, un entrelacs de canules, de drains et de sondes. La pâleur d'un visage s'approcha, une main chaude effleura la mienne. On me parla, mais je ne captais pas le sens des paroles qu'on me disait. Des syllabes remontèrent en moi comme des bulles à la surface. Ma voix me parut cassée, raclant mes cordes vocales comme du papier de verre. Je sentis une pression sur ma main.

– Je suis l'infirmière de garde. Vous êtes en salle de réveil.

Je me plaignis de douleurs aux côtes, au dos, et d'une sensation désagréable sous la clavicule. L'infirmière m'expliqua que ma cage thoracique avait été écartelée au maximum pour atteindre mon cœur. C'était mon sternum incisé, suturé de fils d'acier, qui me donnait cette impression d'avoir du barbelé au creux de la poitrine. Une envie de vomir me prit soudain à la gorge, et je m'étouffai, la bouche pleine d'une bile âcre. Les tubes enfoncés dans mon nez et ma gorge me gênaient. La jeune femme me tint les tempes, m'épongea, toujours aussi calme, puis elle vérifia ma tension.

Une soif puissante asséchait ma bouche. L'infirmière me donna un coton imbibé d'eau à placer sur mes lèvres, car il était encore trop tôt après l'opération pour que je puisse boire. Puis elle s'en alla, me laissant

41

seul avec les machines qui émettaient de petits bruits mécaniques.

Je sombrai à nouveau dans le sommeil ; mais, malgré la fatigue qui me paralysait, je me souvenais à présent de tout, où j'étais, et comment j'en étais arrivé là.

La sonnerie du téléphone m'avait réveillé en pleine nuit. J'allumai ma lampe de chevet pour décrocher le combiné, et, avant même que mon interlocuteur se mette à parler, je savais déjà ce qu'il allait m'annoncer. J'attendais ce moment depuis des mois. Je jetai un coup d'œil à ma montre : deux heures du matin. Mathieu, réveillé par le téléphone, le visage fripé par le sommeil, les cheveux hirsutes, entrouvrit la porte de la chambre.

– Allô ?

Ma voix était pâteuse.

– Monsieur Boutard Bruce ?

Je me raclai la gorge.

– Lui-même.

– Ici La Pitié. Comment vous sentez-vous ? Pas de rhume, pas de fièvre ?

– Non. Tout va bien.

– Nous avons un greffon. Une ambulance sera chez vous dans cinq minutes.

Le professeur Berger-Le Goff m'attendait avec son escorte. Une infirmière m'emmena afin de me préparer pour l'opération. On me rasa du torse au pubis. J'étais souriant, détendu, tandis qu'infirmières et anesthésistes me piquaient, qu'elles installaient sondes et cathéters. Je n'avais pas peur. J'allais être sauvé. C'était le plus beau jour de ma vie ! Le professeur, chapeauté, les mains gantées, un masque attaché autour du visage, parlait à voix basse avec ses assistants. Une ambiance calme mais grave régnait dans le bloc. Puis la lourde porte se referma sur nous.

Mathieu me raconta plus tard qu'il avait vu arriver une ambulance précédée de motards, d'où sortirent deux médecins portant un container bleu. Tandis qu'ils se rendaient vers le bloc d'un pas pressé, il eut tout juste le temps de déchiffrer ce qui était écrit, sur la boîte : 13 août 1996. Il comprit alors qu'à l'intérieur de cette boîte couleur de ciel se trouvait mon nouveau cœur.

En me réveillant, je n'arrivais pas à croire que le cœur d'un autre battait dans ma poitrine. C'était devenu le mien, et même les pulsations que je percevais n'avaient rien de différent. Pourtant, mon vrai cœur, énorme, dilaté, malade, n'était plus là, et à sa place vibrait celui d'un inconnu.

De cet inconnu, j'ignorais tout. Le professeur m'avait appris que le don d'organe était un acte anonyme et que l'identité du donneur resterait protégée, de même que la famille qui avait autorisé le prélèvement n'apprendrait pas à qui avait profité ce don.

J'avais retrouvé le sourire. L'attente si pesante était loin ; bientôt, je sortirais de l'hôpital, aguerri, invincible. J'étais sauvé. J'avais connu le pire. Je débordais d'énergie ; je ne tenais pas en place. Mon entourage

44

avait été prévenu : il était habituel qu'un greffé réagisse ainsi, qu'il se considère comme un miraculé. Après la difficile période post-opératoire, il connaissait une euphorie qui se révélait éreintante pour ses proches.

Mathieu ne s'attendait pas à une telle soif de vivre. Ma sœur cadette non plus. Elle était venue me voir en cachette de notre rancunière aînée qui lui avait interdit de me rendre visite. Pauvre Anne ! Elle prévoyait de s'apitoyer devant un frère pâlichon, et reçut de plein fouet le choc d'un lascar boute-en-train qui dansait la valse avec les infirmières. Stéphane, lui, s'accommoda fort bien de ce débordement de vitalité. Me voir à nouveau sur pied le soulageait ; il allait enfin pouvoir cesser de faire l'autruche. Mais lorsque mon euphorie céda la place à une déprime, Stéphane, désorienté, se mit aux abonnés absents.

Pourquoi cette soudaine dépression ? Était-ce le suivi médical qu'on m'imposait, les nombreux médicaments antirejet que je devais avaler tous les jours ? Le professeur me rassura. C'était normal. J'avais besoin de changer d'air, de recharger mes batteries, d'oublier ma longue hospitalisation. Avec l'arrivée du printemps, il fallait songer à partir en voyage, dès que je serais rétabli.

Il suggéra la montagne. L'air y était pur, les paysages magnifiques. Mathieu, lui, voulait me faire découvrir la Toscane. Il rêvait de déambuler à Florence, le long de ruelles étroites bordées de palais du Moyen Âge ou de la Renaissance. Mais je rechignais. L'idée d'une ville bondée de touristes me hérissait. Mathieu suggéra de loger dans une auberge aux environs de la capitale des Médicis, loin du bruit et de la foule. Il se mit à la recherche de petits hôtels hors des sentiers battus, sachant que la proximité de la ville m'était indispensable. Si un problème de santé s'annonçait, il fallait pouvoir m'emmener au plus vite à l'hôpital.

À force de compulser guides et catalogues, de passer de nombreux appels téléphoniques, Mathieu dénicha la perle rare. Il arriva rue de Charenton, un dépliant sous le bras. Ma convalescence allait se dérouler sur les hauteurs de Florence, à une dizaine de kilomètres de la ville, chez Mr et Mrs Kenneth Weatherby, propriétaires de la *pensione* Docioli.

Au vu du dépliant, la façade néo-classique de la maison, ombragée de cyprès et d'oliviers, ne manquait ni d'harmonie, ni de sérénité. La villa était calme, expliqua mon fils, il y avait peu d'autres « paying guests », et Mrs Weatherby s'était révélée charmante au téléphone. Je m'enquis du prix de notre séjour. C'était très bon marché. Était-on certain d'être installé confortablement et de bien manger ? Les chambres possédaient chacune leur salle de bains, me répondit Mathieu, et les repas étaient préparés sans façon par Mrs Weatherby. Toutefois, il n'y avait pas de télévision. Devant ma mine renfrognée, Mathieu éclata de rire. Avais-je prévu de suivre les programmes en italien ?

C'est ainsi que par un matin d'avril, Mathieu et moi partîmes pour la *pensione* Docioli. Dans le train qui nous menait à Florence, j'eus un sentiment étrange. Alors que je n'avais jamais été en Toscane, j'avais l'impression de retourner à un endroit aimé.

En posant le pied sur le sol italien, malgré ma fatigue, un bonheur inconnu m'envahit. Mrs Weatherby, préoccupée par mon opération récente, avait insisté pour venir nous chercher à la gare de Santa Maria Novella. Mathieu l'avait repérée tout de suite : petite femme ronde de soixante ans, au visage lunaire, dont la chevelure ivoire était retenue d'un ruban de velours. Son sourire illuminait toute sa personne. Elle portait une longue robe en jean délavé dont la forme cintrée rappelait les redingotes du siècle dernier.

Mrs Weatherby me séduisit d'emblée. Il émanait d'elle une odeur de pain d'épice et de cannelle, et je lui trouvai l'air d'une grand-mère sortie d'un conte pour enfants. Piaillant comme un moineau, elle virevolta autour de nous. Mathieu me traduisait son verbiage, car je parlais mal l'anglais.

Derrière elle se tenait une jeune femme au visage doré par le soleil, donnant à ses joues l'apparence d'un abricot. On nous présenta Francesca, qui assistait la maîtresse de la *pensione*. Je vis les pupilles de mon fils se rétracter tandis qu'il la buvait des yeux. Malgré nos protestations, elle saisit les valises et nous ouvrit le chemin vers une Fiat 500 fière des lettres G.B. estampillées sur son arrière-train.

Mrs Weatherby s'installa au volant et me plaça à sa droite, après que Mathieu eut plié en deux son mètre quatre-vingt-dix pour se caler avec Francesca dans l'exiguïté de la banquette arrière. Notre hôtesse nous montrait du doigt les lieux célèbres de la capitale toscane. J'y prêtai peu d'attention. Je n'aspirais qu'à me reposer et à me restaurer. Somnolent, je vis à peine la campagne zébrée de cyprès et de vignobles, et regardai plus par politesse que par intérêt les anciennes villas des Médicis dont les tours crénelées surplombaient les collines d'une beauté austère, et devant lesquelles Mathieu s'extasiait.

Lorsque la voiture emprunta un chemin cabossé bordé d'arbres, je m'ébrouai. Nous franchîmes un portail de pierre décoré de lions hautains aux crinières érodées par les années. Je m'extirpai à grand-peine de la Fiat. Un labrador au poil noir se rua sur moi avec enthousiasme, tandis qu'une voix gutturale se fit entendre :

– Hotspur ! *Down ! Sit !*

Penaud, le chien me lécha la main en signe de bienvenue, et alla s'asseoir aux pieds de son maître en adoptant la même posture que les lions du portail. Ainsi découvris-je Kenneth Weatherby – car il ne pouvait s'agir que de lui – se tenant debout sur le patio de la villa avec le panache d'un lord.

Aussi grand, sec et maigre, que son épouse était petite et potelée, il portait des jodhpurs élégants mais rapiécés, une chemise fuchsia brodée des initiales K.W.W. – j'appris plus tard que le deuxième W. signifiait « William » – et un casque colonial d'où s'échappaient deux touffes blanches pointées vers le ciel comme une paire de cornes.

Mr Weatherby parlait peu mais clairement, et ponctuait ses phrases succinctes de *Splendid !* ou *Marvellous !*, aussi parvenais-je à le comprendre plus facilement que sa femme. Nous pénétrâmes dans un vestibule spacieux aux dalles claires d'où s'élançait un escalier de pierre. Précédés par Mr Weatherby qui portait nos sacs, et suivis de Hotspur, nous découvrîmes nos chambres. La mienne, avec un lit à baldaquin qui trônait au milieu, me parut immense. Celle de Mathieu, plus petite, donnait sur un jardin luxuriant dont le parfum montait par les fenêtres ouvertes.

J'avais peu voyagé dans ma vie, encore moins logé chez l'habitant. La *pensione* Docioli me plut, malgré les rideaux décolorés par le soleil, les fissures qui lézardaient les murs, la plomberie défaillante de la salle de bains. Il y régnait une atmosphère incitant au repos et à la détente. Je m'y sentis bien tout de suite. En dépit de ma fatigue, je tins à rester avec les autres au lieu de me reposer sur mon lit de roi.

Le petit déjeuner était servi à la cuisine, autour d'une longue table. Mrs Weatherby, engoncée dans un tablier, s'y agitait, secondée par Francesca. L'odeur du café et du pain chaud me mit l'eau à la bouche, une sensation oubliée depuis mon opération. Avec mes cinquante-huit kilos pour mon mètre soixante-dix, j'avais l'air d'un oisillon tombé du nid. Mrs Weatherby, en mère effrayée par la maigreur de son rejeton, me beurrait des toasts qu'elle tartinait du miel onctueux de ses ruches. Mathieu souriait, heureux de me voir dévorer ainsi à pleines dents.

Mr Weatherby présidait la table, versant à tour de rôle le thé et le café, faisant passer le lait et le sucre. Il avait ôté son casque, et son front dégarni, du même rose que sa chemise, brillait comme s'il eût été enduit d'un épais vernis.

Sans doute attirés par ces odeurs alléchantes, les autres pensionnaires de la villa apparurent : un couple de jeunes Polonais souriants mais silencieux, Radek et Dorota, et deux vieilles filles allemandes, Fraulein von Unwerth et Fraulein Lindbergh.

Je m'étais jusqu'ici peu intéressé à autrui, mais à force de côtoyer à l'hôpital des êtres qui se dévouaient jour et nuit aux autres, j'avais appris, sur le tard, à m'ouvrir moi aussi. Aussi conversais-je avec Fraulein von Unwerth, moins farouche que sa compagne, et le jeune couple, sans toutefois parler un mot d'allemand ni de polonais. Mathieu semblait s'étonner du personnage primesautier qui avait ravi la place de son père taciturne.

Ils voulaient tout savoir de ma greffe. Je leur mimai la maladie, l'attente, l'arrivée de mon nouveau cœur, dévoilai le haut de ma cicatrice rouge encore. Mes mains parlaient d'elles-mêmes, mes yeux aussi, et, rien qu'à l'expression de mes interlocuteurs, je savais qu'ils comprenaient l'intégralité de mon histoire.

50

C'est alors que Fraulein Lindbergh, mettant de côté sa timidité, montra mon torse d'un index diaphane et murmura dans un français scolaire :

– À qui appartenait votre nouveau cœur ?

Silence. Tous les yeux se braquèrent sur moi. Je balbutiai, tentai d'expliquer qu'il s'agissait d'un don anonyme.

Fraulein Lindbergh opina de sa face pointue de jument édentée. Puis elle dit :

– Moi, si j'étais vous, j'aimerais savoir qui m'a sauvé la vie.

Vingt heures trente précises. Un coup de gong retentit dans la maison : le dîner était servi. Nous nous tenions sur le palier qui menait à l'escalier, quand nous vîmes émerger de sa chambre Mr Weatherby, vêtu d'une veste d'intérieur bordeaux, un gilet noir et une chemise de soie blanche. Son pantalon gris à l'étoffe usée, un peu trop court, dévoilait d'étonnantes babouches, incrustées de pierres scintillantes. Ses cheveux, domptés par une gomina luisante, épousaient la forme conique de son crâne.

À leur tour, les Fraulein descendirent l'escalier. Elles tenaient sous leurs avant-bras émaciés des pochettes du soir dont les coloris se mariaient avec leurs longues jupes fleuries. Se rendaient-elles à un cocktail mondain ?

L'on s'habillait visiblement pour le dîner, à la *pensione* Docioli… Il nous restait peu de temps pour faire bonne figure. J'enfilai à la hâte la seule veste que j'avais apportée, m'aspergeai au passage d'eau de toilette; Mathieu emprunta mon unique cravate qu'il noua à toute vitesse. Puis nous fîmes notre entrée dans le salon en même temps que Radek et Dorota, eux aussi sur leur trente et un.

C'était une grande pièce à l'apparence encombrée et bigarrée d'un bazar, et dont les murs vieil or exsudaient la lumière du soleil. Hotspur devait se vautrer sur les kilims effilés et les ottomanes aux ressorts défoncés tant ils puaient le chien. J'effleurai d'un index curieux un samovar argenté aux poignées d'ébène, des masques africains grimaçants, un jeu de mah-jong dans son écrin ancien. Un piano nappé de velours, une dalle de travertin portée par des bouddhas ventrus, et une lampe à pied coiffée d'une capeline attirèrent mon regard.

Mais c'était surtout vers les tableaux que mes yeux retournaient sans cesse. Ces toiles hautes en couleur représentaient la villa Docioli ainsi que ses propriétaires : Mr Weatherby assoupi sous un olivier, Mrs Weatherby penchée sur ses rosiers, et d'autres personnages inconnus, certainement des hôtes de la *pensione*. J'admirai le choix des couleurs, le coup de pinceau adroit et léger de l'artiste, moi qui n'avais jamais été séduit par la peinture.

Accoutrée d'une tunique en lin et d'espadrilles à fins lacets, la maîtresse de maison me tendit un verre de chianti (que j'acceptai poliment tout en sachant que je n'avais pas le droit d'y goûter) et des croûtons de pain grillés parfumés à l'ail et à l'huile d'olive, appelés *crostini*. Je lui montrai les tableaux. Wendy, sa sœur cadette, en était l'auteur, m'apprit-elle avec fierté.

La salle à manger semblait provenir d'un autre univers, plus retenu, avec ses murs vert d'eau et ses chaises bancales à l'assise ornée d'un brocart lie-de-vin. Derrière une table drapée d'une nappe aux taches discrètes et anciennes, dressée d'assiettes et de verres dépareillés, Francesca nous attendait.

Égayées par la saveur généreuse du chianti, les Fraulein s'esclaffaient comme deux collégiennes, cheveux gris s'échappant de leurs chignons. Mrs Weatherby, avec son péplum et ses gestes majestueux, ressemblait à ces gravures représentant les épouses d'empereurs romains. Son mari, le faciès de plus en plus rougeaud, s'encanaillait avec les Polonais. Mathieu, lui, n'avait d'yeux que pour Francesca.

Fatigué par le voyage, j'allai me coucher, laissant les autres au salon. Je m'endormis comme un enfant dans des draps rugueux qui sentaient la lavande. Réveillé de bonne heure par une lumière qui caressa mes paupières avec la douceur d'une mère, je me sentis reposé. Je me penchai à la fenêtre.

Devant moi, le jardin était constellé de rosée, de petites perles enfilées sur chaque tige, serties sur chaque feuille, chaque pétale. Au loin ondulait la campagne, aride et luxuriante à la fois ; avec ses collines mamelonnées hachurées du vert foncé des cyprès, des pins et des chênes, et ses étendues dorées de champs tachetés par la pâleur céladon des oliviers. Les brumes de la nuit s'étiolaient avec la montée du soleil quand un léger bruit se fit entendre.

Je me penchai davantage : Francesca sortait de la cuisine, vêtue d'un bikini qui dévoilait son nombril de jeune fille. Sur le gazon, elle enchaîna quelques mouvements de gymnastique, et je ne pus m'empêcher d'admirer la cambrure de ses reins et le dessin souple de ses jambes.

Le désir monta en moi avec puissance. J'avais envie de sa peau chocolatée, envie de saisir à pleines mains ses seins ronds, son cul charnu qui se trémoussait. Ma verge se dressa, impérieuse, et je souris, ragaillardi par ces retrouvailles aussi soudaines qu'inopinées avec ma virilité.

Mais, très vite, il se passa quelque chose d'étrange. Le corps à moitié nu de Francesca, encadré par la profusion de fleurs aux couleurs délicates, blanc, jaune, bleu pâle, violet, rose thé, me parut soudain plus artistique qu'érotique. Le désir cédait la place à une inspiration d'une autre nature.

Comme le peintre choisit les nuances de sa palette, étudie les perspectives, dessine une esquisse au fusain avant d'apposer une à une les touches de couleur, capte la lumière du bout de son pinceau pour la retranscrire sur la toile, je ressentais le besoin d'immortaliser la scène.

Interloqué, je fermai la fenêtre. Mon pénis s'était recroquevillé dans mon pyjama à la façon d'un animal en hibernation.

Je prenais beaucoup de plaisir à converser avec Mrs Weatherby. J'appréciais son esprit vif ; j'aimais son rire de gorge et son visage lumineux. Chaque matin après le petit déjeuner, je m'installais sur la terrasse, tandis que Mrs Weatherby s'occupait de son jardin et de ses ruches. Masquée, vêtue de sa combinaison d'apicultrice, elle ressemblait à un astronaute replet court sur pattes. Hotspur n'appréciait guère ce déguisement et courait après sa maîtresse en aboyant jusqu'à ce que Francesca vienne le chercher en le grondant. En général, j'étais seul sur la terrasse. Mr Weatherby partait dans la Fiat faire des courses au village, et les Fraulein prenaient l'autocar pour Florence et s'en allaient pour la journée ; Mathieu dormait jusqu'à onze heures, tandis que le jeune couple polonais se promenait dans les environs.

De temps en temps, Mrs Weatherby venait se reposer en prenant une tasse de thé avec moi. Je n'avais jamais aimé le thé, préférant la saveur plus corsée du café, mais celui qu'elle préparait était excellent. C'était tout un art, la préparation du thé. Le lourd plateau qu'elle posait devant nous, la théière fumante laissant échapper le parfum de bergamote de l'Earl Grey, le sucre dans son bol en terre cuite devenaient pour moi le symbole de nos conversations. Elle me versait une tasse après avoir vérifié que le breuvage était suffisamment infusé, me demandait invariablement « *Milk ? Sugar ?* » puis se servait elle-même.

Un matin, alors que tombait une pluie fine – la première depuis le début de notre séjour –, Mrs Weatherby me proposa une visite de la villa. Je la suivis de pièce en pièce tandis qu'elle me faisait remarquer l'arrondi d'un stuc ou le fragment d'une mosaïque. Chacun de ces détails possédait sa propre histoire, souvent épique, qu'elle racontait dans un « franglais » imagé que je parvenais à comprendre. J'étais en train d'admirer la cheminée sauvée d'un château rasé, lorsqu'elle me demanda si je désirais voir l'atelier de Wendy. Un privilège, car personne n'avait le droit d'y entrer en l'absence de l'artiste. Mais Mrs Weatherby, flattée de mon intérêt pour les œuvres de sa sœur, insistait pour que j'y jette un coup d'œil.

Le studio de Wendy, en haut d'un étroit escalier, était aussi vaste que ma chambre. Une verrière ouverte sur le ciel gris éclairait la pièce. J'admirai les toiles accrochées aux murs : scènes de la vie de tous les jours, croquées sur le vif avec humour et lucidité ; au centre, sur un grand chevalet, un portrait inachevé où je devinais les traits de Francesca. Je m'approchai, appréciai la justesse du coup de crayon qui avait su intercepter le regard mutin de la jeune fille.

Une forte odeur de térébenthine mêlée à celle d'huile de lin me monta au nez. Les bras ballants, planté devant le tableau, je fronçai les sourcils, aimanté par les tubes de couleur, pinceaux, couteaux à palette, crayons, huiles, rangés sur une tablette. Pourquoi éprouvais-je une impression de déjà-vu ? D'où venaient les souvenirs qui m'envahissaient ? Avant même que je puisse les capturer, ces sensations s'évanouirent. Comme un chasseur de papillons agitant en vain son filet, je restai perplexe.

Mrs Weatherby posa une main interrogative sur mon épaule. Avec des gestes maladroits, je tentai de lui faire comprendre la nature de mon désarroi, lui montrai les instruments du peintre et l'esquisse du visage de Francesca. Embarrassée, elle me regardait avec des yeux ronds.

Tout à coup, elle émit un cri aussi haut perché que le contre-ut d'un soprano, et me tira vers une chaise à côté d'un petit chevalet. Elle me fit asseoir, me tendit plusieurs grandes feuilles, de la peinture à l'eau et des pinceaux propres. Puis elle me laissa seul avec un sourire entendu. Je ne pus m'empêcher de rire : Mrs Weatherby devait croire que les œuvres de sa sœur m'avaient tant inspiré que je voulais à présent peindre moi-même !

Assis devant la feuille vierge, je souriais toujours. J'étais un piètre dessinateur. Pour m'amuser, comme l'enfant qui barbouille, je trempai le pinceau plusieurs fois dans un rond rouge et traçai un trait vermillon. Je fis plusieurs traits de couleurs différentes qui formaient un insolite arc-en-ciel.

L'atelier semblait coupé du monde extérieur. L'on ne voyait que le ciel par la haute verrière. Je me concentrais, sans voir le temps passer, sans aucune fatigue malgré mon application. Feuille après feuille, je m'amusai du jeu des teintes entre elles : le choc du bleu opposé à l'orange, l'intimité du rose et du rouge, l'alliance violente du violet et du noir.

Je sentis soudain une présence à mon côté : mon fils.

– Tu n'as pas entendu le gong ?

– Non.

– Tu as raté le déjeuner. Mrs Weatherby m'a dit que tu étais ici depuis dix heures du matin et qu'il ne fallait pas te déranger. Il est quinze heures. Tu n'as pas faim ? m'interrogea-t-il en souriant. (Il poursuivit :) C'est pas mal, tes couleurs. Il y a une harmonie intéressante. J'ignorais que tu aimais peindre.

– Moi aussi.

Je me levai, un peu fourbu, et le suivis dans l'escalier, après avoir rincé et rangé les pinceaux. Je savais déjà que je n'en resterais pas là, que je me remettrais à peindre dès le lendemain. Mais l'atelier de Wendy m'impressionnait. C'était le lieu de travail d'une professionnelle. Malgré le feu vert de Mrs Weatherby, un néophyte de mon espèce n'y avait pas sa place.

Aussi m'installai-je dans ma chambre, où la vue m'inspirait, même si je me sentais capable de ne dessiner que des taches de couleur. Il me tardait de pouvoir reproduire ce que mon œil admirait.

Je me lançai devant un bouquet d'iris. Maintes fois, je recommençai, jugeant avec sévérité chaque effort.

Puis Mathieu posa pour moi. Le résultat maladroit nous fit rire. Qu'importe ! J'aimais cette concentration intense, la transmission artistique entre le cerveau et la main. Quel joli contraste avec l'écran d'un ordinateur, qui me semblait à présent bien stérile !

— C'est drôle, papa, fit Mathieu, un jour que je m'escrimais sur l'ébauche d'un cyprès. As-tu remarqué que tu dessines avec la main gauche, alors que tu es droitier ?

Je contemplai ma main gauche avec surprise. Dessiner avec la droite se révéla une catastrophe. Je ne parvenais pas à tenir le pinceau correctement. Il m'apparut alors, avec un étonnement grandissant, que j'utilisais la main gauche pour tous les gestes de ma vie quotidienne ; j'écrivais, je mangeais, je me rasais de cette main-là. La droite ne me servait plus à rien. Pourtant, cela faisait plus de quarante ans que j'étais droitier.

C'est ce jour-là, il me semble, que j'ai dû me poser les premières questions.

Vers la fin de notre séjour, j'acceptai d'accompagner Mathieu à Florence pour la journée. Mrs Weatherby nous prêta sa Fiat. Mathieu conduisait lentement pour me laisser le temps de contempler le paysage que j'avais appris à aimer. Une fois la voiture garée, la circulation pédestre autour de la cathédrale se révéla impossible. Nous nous trouvions au carrefour des rues les plus fréquentées et les plus bruyantes de la ville.

À force de me frayer un passage dans une foule compacte, je me sentais déjà las. Mathieu nous éloigna de ce pullulement humain et trouva un café sur les hauteurs. Je suivis ensuite mon fils dans un dédale de ruelles que je regardais à peine tant mes pieds me faisaient mal. Rivé à son guide, Mathieu énumérait les églises, les ponts, les places, les palais, les cloîtres dont j'oubliais les noms. Le musée qu'il tenait à visiter allait bientôt fermer ses portes. Je voulais rester dehors, me reposer un peu au soleil, mais Mathieu insista pour que je l'accompagne ; il y avait là les plus belles toiles du Quattrocento.

Mathieu me précédait dans des couloirs interminables que je trouvai mal éclairés, noirs de monde. Les tableaux défilaient devant moi, et la lassitude me gagnait. Je ne perdais pas de vue le catogan de mon fils, lorsqu'un troupeau de Japonais m'empêcha de passer. Le temps de les contourner, Mathieu avait disparu. Il ne me restait plus qu'à m'asseoir sur un banc en face de la salle 7, en espérant qu'il reviendrait me chercher, car je n'avais pas le courage d'aller le retrouver.

Un panneau en face de moi interpella mon regard, et je fus frappé par la netteté des contours et des tons. C'était un grand tableau sombre aux teintes ocre et bistre, peint avec une vigueur candide et une rigueur des lignes qui me fascina. J'oubliai ma fatigue et me levai pour le regarder.

Intrigué par le tumulte discipliné de l'œuvre, la symétrie parfaite des lances et des plumes plantées dans les armets, il me semblait que je me trouvais transporté au milieu d'une bataille. J'entendais la clameur sourde d'une lutte, le choc de boucliers contre armures, les bruits métalliques des cuirasses, des épées, des

61

glaives, les hennissements des chevaux enchevêtrés, harnachés de pourpre et d'or, dont deux gisaient au sol, l'un agonisant, l'autre figé par la mort. Je sentais l'odeur âcre du sang, celle plus aigre des chevaux, et celle, humide, palpable, de la terre retournée par les sabots. Derrière la violence de la bataille s'étirait un paysage tranquille ; des vendangeurs travaillaient dans les vignes, et un chien poursuivait des lièvres à travers champs.

Happé par ce que je voyais, je ne savais plus l'heure, le lieu, ni qui j'étais. Le temps s'était arrêté ; je n'entendais plus le brouhaha du musée, mais la rumeur de l'affrontement, et je m'imprégnais de chaque détail avec une avidité qui m'était inconnue. Alors que j'étudiais l'harmonie de l'œuvre, son ordre géométrique, la dynamique puissante de ses perspectives, je pris conscience de la rapidité de mon souffle.

Emporté par la musique du tableau, je ne m'étais pas rendu compte que mon cœur emballé battait la chamade comme une machine folle. Je posai une main sur ma poitrine, y captai des pulsations que je trouvai trop rapprochées. Je fus saisi d'épouvante ; ma tête se mit à tourner, mes membres à trembler. J'étais certain que là, au pied de cette bataille, mon cœur allait lâcher. Je parvins à retourner vers le banc, sous l'œil indifférent des touristes. J'attendis Mathieu, la main sur mes côtes.

Lorsqu'il arriva enfin, choqué par mon visage blême, il jugea mon état inquiétant. Un gardien appela une ambulance qui nous conduisit à l'hôpital le plus proche. Un interne m'y ausculta. Au vu de mes anté-

cédents, il décida de me garder pour la nuit, par pru-
dence. Mathieu téléphona à Mrs Weatherby, qui fut
désolée d'apprendre cette nouvelle.

Mais le lendemain, au réveil, je me sentais bien,
à part une légère fatigue. Les médecins ne me trou-
vèrent rien d'anormal.

Dès mon retour, l'œil encore imbibé du soleil d'Italie, mon appartement m'apparut dans sa grise austérité. Comment avais-je pu passer tant d'années dans ces pièces tristes aux meubles sans charme ? Mrs Weatherby m'avait offert une toile de sa sœur qui représentait le jardin de Docioli. Je l'accrochai au-dessus du canapé. J'avais aussi encadré des croquis de Mathieu, et ces images de campagne ensoleillée égayaient le salon. On y voyait Hotspur et Francesca, les Fraulein tout sourires, Mr Weatherby enlaçant son épouse sur la terrasse.

Je fus pris d'une envie folle de repeindre l'appartement, de le remettre à neuf, de changer les rideaux, les tissus, la disposition des meubles. Les cloques de la salle de bains avaient à présent envahi la totalité d'un pan de mur et dégageaient une odeur de pourriture. Sans plus tarder, j'appelai mon propriétaire pour les lui signaler. Un expert vint constater les dégâts ; le voisin fut sommé de réparer sa fuite, et, avec le remboursement de l'assurance, je fis repeindre la salle d'eau en jaune vif. Mais mon budget restreint ne me permettait pas d'autres travaux d'embellissement.

J'aimais désormais que la baignoire étincelle, que les toilettes sentent le pin, que les fenêtres brillent, et que la moquette soit aspirée dans le sens du poil. Les piètres efforts de Mme Robert ne produisaient pas ces effets. Les miens y parvenaient aisément. Aussi décidai-je de me passer de ses services. Un jour qu'elle ahanait au-dessus d'une serpillière, je lui fis une suggestion : pourquoi ne lui descendrais-je pas mon linge deux fois par semaine tant que durerait mon arrêt maladie ? Elle n'aurait qu'à le laver, le sécher, le repasser et me le remonter les mardi et jeudi.

Mme Robert se vexa. Avais-je l'idée de la remplacer ? N'étais-je plus satisfait de son travail ? Personne ne la remplacerait, lui répondis-je, sinon moi. Stupéfaite, Mme Robert dodelina sa grosse tête. « N'importe comment, monsieur, c'est vous qui décidez ! » fit-elle, pincée. Aussitôt qu'elle fut partie, je soufflai un « ouf » de soulagement. Mme Robert ne remettrait plus les pieds chez moi ! Mais le regard curieux qu'elle m'avait jeté en sortant m'avait mis mal à l'aise.

Quelle honte y avait-il à aimer les tâches ménagères ? Sans doute était-il difficile pour un homme d'avouer ce penchant domestique. Seul Mathieu s'aperçut de ce changement. Il arriva un jour alors que je m'attaquais à la salle de bains. Je n'eus pas le temps de lui cacher éponges et produits récurants. Le visage cramoisi, je lui expliquai que Mme Robert ne venait plus. Il s'empara d'une éponge en me demandant si je voulais un coup de main.

– Tu as eu raison de la virer, la grosse Robert, dit Mathieu en frottant énergiquement la baignoire. Elle a un poil dans la main ! Tu vas pouvoir faire des économies en te passant d'elle.

Je repris possession de mon territoire. Au lieu de m'abrutir devant ma télévision en m'imbibant de bière et en laissant s'amonceler saleté et crasse, je regardais de loin un feuilleton tout en passant l'aspirateur. Les réclames et les émissions de téléachat m'intéressaient particulièrement. Je ne me lassais pas de ces images colorées qui vantaient des produits miracles, des voitures de rêve, des plats célestes, des aspirateurs magiques ; images qui devaient inconsciemment influencer mon choix, car j'avais remarqué que le livreur du samedi m'apportait deux – et parfois trois cartons – au lieu d'un seul.

Le livreur s'appelait Hassan. Il devait avoir une vingtaine d'années et il ne souriait jamais. Jusqu'ici, cela ne m'avait pas dérangé. Mais, à présent, la vue de ce visage perpétuellement sinistre fit naître en moi un défi : parvenir à lui arracher un sourire. D'habitude, je lui tendais une pièce avec un grognement – il venait de monter quatre étages sans ascenseur avec ses cartons – qu'il empochait en me rendant le même grognement. Je n'avais jamais entendu le son de sa voix, ni aperçu ses dents ; peut-être avais-je affaire à un muet édenté ?

Je connaissais son prénom parce qu'il figurait sur le bon de livraison que je devais signer chaque samedi. Un matin, alors qu'il faisait chaud et que Hassan transpirait à grosses gouttes après avoir monté les cartons, je lui proposai un verre d'eau fraîche. Il me regarda avec étonnement. Puis il acquiesça. L'éclat blanc de ses dents trancha sur sa peau basanée. Victoire ! J'avais gagné. Je lui tendis son pourboire.

— Merci, monsieur Boutard, fit-il en esquissant une courbette.

— Samedi prochain, je vous offre un café, lui dis-je.

— Bien, chef !

Et il s'en alla, le sourire aux lèvres. Le samedi d'après, il souriait toujours.

En défaisant ma valise lors de mon retour d'Italie, je remarquai que mes vêtements étaient tous d'un gris-beige-marron uniforme, de la même étoffe synthétique, légèrement brillante. Il me prit une envie de couleur, un besoin de m'habiller de belles matières, de cotonnades soyeuses, de laines légères, de sous-vêtements fins agréables à porter à même la peau.

Une nouvelle garde-robe s'imposait : beige, gris et marron y seraient proscrits. Mes anciens vêtements donnés à une œuvre caritative, il ne me restait plus qu'à tout racheter. Finies, les commandes par correspondance ! Un plaisir neuf m'attendait, que j'avais souvent critiqué chez Élisabeth : celui des courses, penchant qui prenait parfois une matinée entière à force de discuter avec un vendeur, sélectionner une étoffe, hésiter entre deux modèles, deux coloris.

Il y avait tant de boutiques à Paris que je ne savais plus où donner de la tête, soûlé par l'orgie joyeuse de pantalons, vestes, polos, gilets, nœuds papillons, chapeaux, gants... Mêlé à la sarabande des grands boulevards, je m'adonnais avec bonheur à une nouvelle drogue : le lèche-vitrines.

Lorsque ma garde-robe fut complète, il me fallut la montrer. Dans mon salon, j'offris à Mathieu un véritable défilé de mode. Déhanché de façon nonchalante, les poignets mous, la bouche boudeuse, j'imitai les poses affectées des mannequins sur les podiums. Après quelques instants de stupeur, Mathieu partit d'un rire inextinguible. Le voir ainsi me remplissait de joie. Mon fils était d'ordinaire si sérieux ! Que pensait-il de mes achats ? lui demandai-je lorsqu'il se fut calmé.

— As-tu remarqué que la plupart de tes affaires sont du même rouge ?

Il avait raison. Presque tous mes nouveaux vêtements étaient d'un rouge assez sombre, tirant sur le pourpre. Le plus drôle, c'était qu'en les achetant, je ne m'en étais même pas aperçu.

Porté par cette soif d'élégance, je décidai d'aller chez le coiffeur. J'en dénichai un nouveau, où un éphèbe jeta son dévolu sur mon cuir chevelu, tandis qu'une jeune femme me proposa une manucure, que j'acceptai avec curiosité. Penchée sur mes phalanges, son cache-cœur s'entrebâilla pour dévoiler une gorge dodue dans un soutien-gorge noir.

Le décolleté de la jeune esthéticienne avait fait son effet. Le soir même, je louai une cassette érotique. Une fois installé devant mon téléviseur, il se passa quelque chose de bizarre. Les actrices exhibaient leurs courbes appétissantes, leurs partenaires débordaient d'initiatives comme à l'accoutumée, mais cet

69

étalage d'orifices me parut tout à coup burlesque. Ni honte ni désir ne me visitèrent. J'eus soudain l'envie d'en rire.

Je me couchai. J'avais froid seul dans mon lit. Mes doigts se refermèrent autour de mon sexe, en ce geste réconfortant et familier, esquissé des centaines de fois depuis mon enfance.

Mes goûts culinaires s'étaient, eux aussi, transformés. Les steaks saignants me soulevaient le cœur depuis l'Italie, comme le pain blanc recouvert d'une épaisse tranche de beurre et de pâté, les desserts lourds et gras, le café noir et sucré. La patronne du « Bistrot de Ginette » était inconsolable. Elle avait perdu son meilleur client. Comment avais-je pu passer autant de soirées solitaires dans cet endroit glauque et enfumé, à cette table visqueuse reléguée dans un coin sombre, bercé malgré moi par « Gigi l'Amoroso » ou « Il venait d'avoirrr dix-huit ans… » ?

Je raffolais dorénavant d'un plat « docilien » facile à préparer : quelques fines tranches de tomates et de mozarella, du basilic frais, le tout aspergé d'huile d'olive et de citron. J'aimais aussi les beaux fruits colorés et juteux : melons, pêches, fraises, framboises ; comme je recherchais la fraîcheur parfaite d'un poisson, la riche humidité d'un pain complet, la simplicité de pâtes « à la carbonara ».

Chaque après-midi, je me préparais une tasse de thé à seize heures trente précises, ainsi que Mrs Weatherby me l'avait appris. Un rituel que j'accompagnais d'une tranche de quatre-quarts léger que le pâtissier d'à côté réussissait fort bien.

Mathieu me demanda un jour s'il pouvait venir prendre le thé rue de Charenton avec sa mère. Cela faisait longtemps que je n'avais pas vu mon ex-femme. Elle m'avait brièvement rendu visite à l'hôpital, après l'opération.

Élisabeth était de ces femmes rares qui vieillissent bien. À trente-huit ans, elle en paraissait dix de moins. Grande, châtain clair, aux yeux noisette, elle séduisait par son allure sportive et décontractée. Après notre divorce, nous nous étions efforcés de rester cordiaux, pour le bien de notre fils.

Avait-elle refait sa vie ? Elle était discrète. Je n'en savais rien, et Mathieu n'en parlait pas. À présent, c'était à notre fils qu'elle offrait sa tendresse, en mère attentive et dévouée. Mais elle ne couvait pas Mathieu comme ma propre mère m'avait couvé. Loin de l'étouffer, elle le guidait, le laissait s'épanouir à son rythme. Mathieu réussissait ses études, pensait à son avenir ; c'était un jeune homme sérieux et bien élevé. Il aurait pu, comme tant d'enfants de parents divorcés, souffrir de notre séparation. Élisabeth avait eu l'intelligence de ne jamais me dénigrer aux yeux de notre fils. Il en était sorti équilibré, respectueux de nos deux personnalités si opposées. C'était grâce à elle. Maintes fois, je fus tenté de le lui dire. Mais je redoutais son sourire teinté de sarcasme. Alors je me taisais.

Elle arriva chez moi avec Mathieu. Je m'occupai à leur préparer le thé, tandis qu'elle ne cessait de regarder alentour avec curiosité.

– Tu as tout transformé, ici. Et Mme Robert travaille bien. C'est impeccable.

Mathieu s'esclaffa.

– Il a viré Mme Robert. C'est lui qui fait le ménage.

Élisabeth digéra cette information en silence.

J'apportai le grand plateau, puis m'installai pour les servir.

– *Milk ? Sugar ?* fis-je en imitant la voix de Mrs Weatherby.

Mathieu me trouva très drôle. Élisabeth m'observait.

– Tu as une nouvelle coupe ?

– Oui.

– Tu as un peu grossi, on dirait.

– Quatre kilos.

– Ça te va.

Elle m'étudia avec un mélange de sérieux et de dérision que je connaissais bien.

– Et tes vêtements ?

Elle désigna mon jean neuf, mon polo framboise écrasée, mes tennis blanches.

– Flambant neufs !

– Effectivement.

– Cela te plaît ?

Mathieu nous observait, amusé.

– Oui, murmura-t-elle. Tu fais plus jeune.

Elle but son thé en silence. Puis elle dit :

– As-tu une nouvelle femme dans ta vie ?

– Non.

– Aucune femme, confirma Mathieu. Je l'aurais vue.

Élisabeth se fit songeuse.

— Tu es si souriant ! Tu ris tout le temps. Même ton rire est différent. Ne serais-tu pas amoureux ?

— Absolument pas, dis-je.

— Ce n'est pas possible ! fit Élisabeth. Où la caches-tu ? Qui est-elle ? Je la connais ?

Je changeai de sujet, lui posai des questions sur son travail. Elle était standardiste dans une maison d'édition. Mais Élisabeth n'avait pas envie d'en parler, malgré mon nouvel intérêt.

— Comment as-tu fait pour arrêter de fumer ? demanda-t-elle en coupant court à mes questions.

— Cela a été dur, lui avouai-je. Ça l'est toujours, lorsqu'on fume devant moi. Mais je tiens bon. Pareil pour l'alcool. Le sport, les balades me font une diversion.

— Et la télé ? Tu la regardes toujours autant ?

— Beaucoup moins.

De ses doigts, Élisabeth émiettait la dernière bouchée de son gâteau. Une lueur étrange s'était allumée dans ses prunelles.

— Dire que tu as passé une décennie à nous empester avec tes mégots, tes bières, ton vin… Tu étais sinistre ; tu me faisais des reproches sans cesse. Tu passais tes soirées devant ton ordinateur ou à tes matches avec Stéphane.

Mathieu capta une note étrange dans le ton de sa mère.

— C'est du passé, maman… commença-t-il.

Soudain, Élisabeth se mit à glousser. Elle faillit s'étrangler sur son quatre-quarts.

Cela faisait des années que je ne l'avais pas entendue rire. Mathieu et moi la regardions, surpris. Renversée sur le canapé, elle riait, riait :

– J'ai divorcé d'un alcoolique fumeur, égoïste, rabat-joie, mal habillé, vivant dans un taudis… bégayat-elle, hilare. Et je me retrouve à boire le thé dans un salon qui sent le Pliz, chez un type branché, souriant, impeccable, qui s'intéresse à mon travail pour la première fois de sa vie ! C'est trop drôle !

Malgré moi, je me mis à rire avec elle. Mathieu ne tarda pas à nous imiter. Trois Boutard se tordant de liesse ensemble ! Ce spectacle inattendu était réjouissant.

– Tu sais, Bruce, dit Élisabeth entre deux hoquets, tu aurais dû te faire greffer ce nouveau cœur il y a longtemps. J'ignore à qui il appartenait, mais cela devait être à quelqu'un de formidable !

Depuis ma maladie, mes rapports avec mon meilleur ami s'étaient dégradés. Sans doute tout avait-il empiré le soir où nous avions dîné ensemble dans un restaurant à la mode. Stéphane avait insisté pour m'y emmener. Dans cet endroit feutré, peuplé d'acteurs, de mannequins, de journalistes et d'écrivains, je me sentais mal à l'aise. Stéphane, en revanche, semblait connaître tout le monde, du patron à la serveuse.

Il portait un blazer bleu roi qui me parut clinquant. Ses cheveux blonds, trop longs à mon goût, coiffés en arrière, lui donnaient l'apparence d'un ange déchu. Son téléphone portable sonnait sans cesse. Il parlait fort, et la salle entière profitait de ses conversations intimes. C'était sa femme, son adjoint, sa maîtresse, sa mère, m'annonçait-il avec un clin d'œil de connivence, tandis que son plat refroidissait.

Stéphane entretenait envers les femmes un mépris teinté de complaisance auquel j'avais longtemps adhéré. J'avais trouvé en lui un compagnon fidèle, un ami solidaire qui ne laissait jamais une femme s'immiscer entre nous, et qui faisait passer notre amitié avant tout.

Passa une créature lascive au nombril dénudé percé d'un anneau.

– Vise la gerce, marmonna Stéphane.

Ainsi débutaient nos propos sur les femmes ; un véritable rituel avec ses codes, sa gestuelle, ses règles. D'ailleurs, nous n'employions jamais le mot « femme ». Une jolie femelle appétissante ? C'était une « gerce », une « nana », une « poule ». Mais qu'une contractuelle, une vieille ou une grosse vienne à croiser notre chemin, il s'agissait alors d'un « thon », d'une « grognasse » ou d'une « pouffiasse ».

Nous gardions pour nous les « bobonne » ou autres « régulière » que nous réservions à nos épouses. À l'oreille de celles que nous convoitions, nous susurrions des « ma p'tite caille », « ma mimine », « ma biche », ou autre « ma grande ». Cela marchait à tous les coups. Pour lui… bien sûr, pas pour moi.

Les femmes ! Voilà tout ce qui nous restait. Stéphane et moi parlions rarement d'autre chose. L'argent ? Je n'en avais pas. Les voitures ? Pas la peine ; mon salaire ne me permettait pas d'hésiter entre une BMW 725 TDS et une Mercedes C 250 TD. Le sport ? Stéphane s'enthousiasmait plus pour la Formule 1 et le tennis que pour le football.

Parler « femmes » était tout un art. Nous ne nous en privions pas. Selon Stéphane, il existait trois sortes de femmes ; les « bouillantissimes », les « immettables » et les « saintes ». Savoir faire le tri, voilà l'essentiel, m'affirmait-il en énonçant des règles que je suivais à la lettre avec une application religieuse : ne jamais toucher aux « immettables », ni aux « saintes », sauf en cas de force majeure, comme les soirs de beuverie ou de solitude. S'interdire de ramener une « gerce » au domicile conjugal. Préférer l'hôtel. Utiliser un préservatif, et avoir assez de cran pour expliquer à « bobonne » pourquoi on en avait si d'aventure cette dernière tombait dessus.

Mais la règle d'or était la suivante : toujours éconduire une femme indisposée (dite « impraticable »). Même si elle s'avérait « top », une femme qui saignait était une femme qui portait la poisse. Sur ce point, Stéphane était formel. D'ailleurs, je n'avais qu'à vérifier, c'était écrit dans la Bible.

Inutile de préciser qu'Élisabeth avait toujours détesté Stéphane, nos mimiques, nos secrets. Sans doute subodorait-elle la nature de nos propos. Mais elle m'en voulait surtout de l'amitié exclusive que je vouais à Stéphane. C'était à lui que je témoignais mon affection, mon respect, ma complicité ; à lui, pas à elle, que je faisais confiance.

J'avouai à Stéphane que je n'avais pas eu d'aventure depuis ma greffe. Il écarquilla ses yeux clairs. Ce n'était pas normal, il fallait que je me ressaisisse ! Un homme sans activité sexuelle régulière n'était pas un homme. Je tentai en vain de lui dire que les baisses de libido après une opération à cœur ouvert étaient normales. Mon médecin m'en avait parlé.

Mais il ne m'écoutait pas. Son visage était devenu grave. Depuis quelque temps, il me trouvait changé. Le regardant s'empêtrer dans son discours, une impression bizarre me traversa ; celle de m'éloigner de plus en plus de lui. Je ne distinguais plus que le bleu vif de sa veste et l'auréole dorée de ses cheveux. Bientôt sa silhouette carrée s'effaça de ma vue.

— Tu n'écoutes pas un mot ! s'énerva-t-il, vexé. Tu ne tournes pas rond. Une bonne nuit d'amour et tu seras d'aplomb, crois-moi ! On va te dégotter ça. J'ai une gonze sous la main qui fera bien l'affaire. On va l'appeler.

Il brandit son téléphone portable comme un magicien sa baguette.

— Pas d'inquiétude, Boutard ! L'amour c'est comme le vélo, ça ne s'oublie pas. Tu vas t'en tirer, va.

Il composait déjà le numéro malgré mes protestations. Occupé.

— Merde alors, grommela Stéphane. J'espère qu'elle n'est pas maquée…

Je priai pour qu'elle le fût.

— Tu sais, mon vieux, dit-il d'une voix tonitruante, les bonnes femmes et les artichauts, c'est pareil. Le cœur est sous les poils !

Il éclata d'un rire gras. Plusieurs personnes aux tables avoisinantes se retournèrent pour nous regarder. Tout à coup, j'eus honte d'être avec lui. Qu'était devenue notre complicité d'antan ? Que s'était-il passé, pour qu'en l'espace de quelques mois je ne trouve plus rien à lui dire ?

Et pourquoi cette histoire d'artichaut m'était-elle restée en travers de la gorge ?

Je devais bientôt reprendre mon travail, et je redoutais déjà cette reprise comme un enfant voit arriver la fin des vacances. Plus que quelques semaines de liberté ! Paris s'offrait à moi, un territoire inconnu que je n'avais jamais pris la peine d'explorer. Je l'arpentais sans relâche, me laissant guider par un instinct nouveau. Parfois, Mathieu m'accompagnait.

Nous flânions un samedi après-midi dans un quartier qui m'était peu familier. Boulevard Haussmann, j'eus envie de découvrir ce qui se cachait derrière une impressionnante façade un peu en retrait de l'avenue, et qui en rompait la monotonie. C'était le musée Jacquemart-André, où se succédait une enfilade de salons dans un vertige de boiseries, tapisseries, meubles et tableaux. Enivrés par ces fastes d'une autre époque, nous montâmes un escalier bâti sur deux colonnes de marbre, pour aboutir non pas sur des chambres à coucher, mais sur une collection d'art italien.

L'étage entier avait été reconstitué en appartement de seigneur florentin, meublé des objets touchés par le Quattrocento : vantaux décorés de marqueterie,

Vierges à l'Enfant, terres cuites émaillées. J'eus l'impression de me retrouver à Florence en découvrant ces pièces aux plafonds à caissons, où sculptures, fresques, pilastres, médaillons et faïences s'amoncelaient avec une opulence fantaisiste.

Dans la dernière salle, sombre et aveugle, nous découvrîmes les peintures. Mathieu traînait quelque peu les pieds ; il avait un rendez-vous. Mais pour me faire plaisir, il fit mine d'apprécier un Bellini coloré, un Mantegna magnifique. Puis il tira sur ma manche pour partir. C'est à cet instant que je le vis.

Un tableau m'appelait de l'autre bout de la salle. Il me guidait vers lui alors que j'étais loin, et je répondis à son appel, comme un objet métallique répond à l'attraction de l'aimant. Il s'agissait d'une œuvre peinte par le même artiste que le tableau tant admiré à Florence. Oui, c'était bien la même main surprenante de précision, presque naïve ; les mêmes couleurs éclatantes, modernes, les mêmes perspectives audacieuses.

Je me penchai pour lire le nom du peintre sur la petite plaquette dorée : Paolo Ucello (1397-1475), *Saint Georges terrassant le dragon*.

Je sentis mon pouls s'accélérer à la vue du dragon dont la gueule était transpercée d'une lance, comme si ses ailes déployées constellées de ronds noirs symétriques, sa queue vrillée par la douleur me faisaient aussi peur qu'à la jeune fille immobile derrière le monstre, les mains jointes en prière, le visage figé.

Mon cœur s'emporta à nouveau. Débridé, il cogna comme une grosse caisse. Je l'entendis bourdonner dans mes tympans, tandis que mon sang affluait dans chacune de mes artères.

Je me forçai à rester calme, à maîtriser mon angoisse, à ne rien dévoiler de la tempête intérieure qui me secouait. Et je compris, sans quitter le tableau des yeux, que ce que je ressentais, ce qui me faisait vibrer ainsi, ce n'était pas la peur d'un accident cardiaque, mais un plaisir pur.

– Qu'as-tu ? fit Mathieu.

Je me retournai avec un sourire.

– N'as-tu jamais rien vu d'aussi beau ?

Ma voix me sembla altérée, presque évanescente.

Mathieu me contemplait. Puis il m'empoigna le bras et me tira vers l'extérieur.

Le cœur calmé comme après l'amour, je souriais toujours, béat.

Depuis Docioli, j'avais pris l'habitude de noter mes impressions sur un cahier acheté à Florence. Rien de bien savant, ni d'intellectuel – j'en aurais été incapable –, simplement des phrases courtes qui exprimaient mes pensées. J'avais peu écrit, ces dernières années. Lorsqu'on passe ses journées devant un ordinateur, un stylo devient un objet suranné.

Je découvris le plaisir de tracer des mots sur une page, d'écouter le crissement de la plume sur le papier, de regarder l'encre sécher comme un écolier devant sa copie. J'écrivais toujours avec la main gauche, ce qui ne m'étonnait plus. J'en avais conclu que j'avais dû être un gaucher contrarié.

Je m'étais renseigné auprès du guide du musée Jacquemart-André. Y avait-il d'autres œuvres de Paolo Ucello à Paris ? Une autre se trouvait au Louvre, dans l'aile Denon.

Bizarre. Mes pas me guidèrent vers l'Ucello avec assurance, comme si je savais d'emblée où il se trouvait : en bas de la galerie, à droite. Je devinais de loin sa sombre splendeur, ses tonalités grises et noires, le ballet des lances pâles hérissées de banderoles.

Encore une bataille ! Le mouvement y était moins fluide que celui du tableau de Florence, mais son allure me parut plus fastueuse. Au centre se dressait un cheval noir à l'encolure gansée de rouge et or, qui montrait avec hargne sa denture jaunâtre et le blanc de ses orbites. Son cavalier, coiffé d'un béret brodé, avait le visage triste d'un martyr. Des guerriers en armure, empanachés de plumes fantasques, montés sur des chevaux bruns et blancs, suivaient l'impulsion du chevalier au béret, sous un ciel noir, inquiétant. D'où venait cette perfection qui amenait l'œil au centre de la toile en lignes convergentes, et faisait éclore la simplicité au sein du chaos ?

Comme on déchiffre du bout des doigts une page en braille, mon regard devint tactile, à l'affût du moindre détail : les joues gonflées d'air d'un soldat qui soufflait dans un clairon, le motif arachnéen d'un bouclier, les nervures d'un plastron chromé, une licorne à la crinière bouclée dessinée sur un étendard vermeil. Le visage à quelques centimètres du panneau, j'examinai sa texture, sa polychromie délicate déposée en fines strates qui lui donnaient un relief, comme s'il eût été peint sur de l'albâtre effrité, de la résine scarifiée.

Il me semblait connaître cette œuvre parfaitement tant il m'était facile de m'imprégner d'elle. Si les glacis de couleur, les laques dorées et argentées, la peinture aqueuse riche en substances émulsionnées n'avaient plus aucun secret pour moi, je savais déjà qu'ils ne cesseraient jamais de m'émouvoir.

Anamorphosées en faisceaux de lumière, mes pupilles mettaient à nu les desseins de l'artiste à la façon dont le rayon X transperce et révèle les corps. Elles décelaient son génie subtil, son rythme fait d'espaces fragmentés, de formes géométriques, de dimensions nouvelles.

Il me semblait tout connaître d'Ucello ; son labeur silencieux, son intuition des lignes, son obsession de la perspective. Je n'ignorais rien de la contradiction profonde qui l'habitait : le tiraillement entre sa rigueur scientifique et son imagination débridée. De cette dualité naissait la poésie qui le caractérisait, à laquelle mon cœur faisait écho. Il battait, m'irradiait du même plaisir, du même bonheur que celui ressenti devant *Saint Georges terrassant le dragon*.

Je m'éloignai du tableau, lui tournant le dos, en marchant le long de la galerie, la tête bourdonnante de questions. Trois fois mon cœur avait réagi ainsi, et toujours devant des œuvres de Paolo Ucello. Pourquoi ? Qu'est-ce que cela signifiait ? Que m'arrivait-il donc ? Il fallait bien me résoudre à élucider ce mystère, sans plus tarder. Mais par où, par quoi commencer ?

Je me rendis sur-le-champ au musée d'Orsay, de l'autre côté de la Seine. Confronté à l'originalité et à la modernité des impressionnistes, mon cœur ne s'emballa pas. Le lendemain, je visitai le centre Georges-Pompidou, le musée d'Art moderne, puis le musée Picasso, en vain.

Je retournai au Louvre quelques jours plus tard. Le sourire énigmatique de la Joconde me laissa de marbre. D'autres tableaux de la galerie me plurent, comme *Le*

Martyre de Cosme et Damien, par Fra Angelico, et *Le Condottiere*, d'Antonello de Messine.

Mais ce fut devant *La Bataille* d'Ucello que mon cœur palpita avec la frénésie joyeuse que j'avais appris à reconnaître.

Les morceaux d'un puzzle s'étaient offerts à moi. Il fallait que j'y mette de l'ordre, afin d'y voir clair, de rendre crédible la chose invraisemblable qui m'arrivait.

En quittant le Louvre, je savais à présent ce que je devais faire.

La secrétaire du professeur Berger-Le Goff se pré-
nommait Joséphine. Lorsqu'elle se levait pour entrer
dans le bureau de son patron, la gent masculine de la
salle d'attente suivait des yeux le galbe de ses mollets
trop souvent cachés derrière une table.

Pointes en avant, reins cambrés, épaules en arrière,
tête haute, elle avait une démarche de ballerine. Rien
ne parvenait à lui ôter le sourire : ni les exigences du
professeur, ni les lourdes tâches qui lui incombaient.
Le sourire de Joséphine était le rayon de soleil de
l'hôpital, cet univers sérieux que je retrouvais toujours
avec un serrement de cœur.

– Le professeur a pris un peu de retard ce matin,
m'annonça-t-elle.

J'étais seul dans la salle d'attente qui s'ouvrait sur
son bureau. Elle était vêtue d'une blouse blanche
courte qui dévoilait le début de ses cuisses. Elle portait d'habitude des collants chair et des sandalettes
plates ; je lui découvris des escarpins à hauts talons
qui allongeaient davantage ses jambes gainées de noir.
Elle s'amusa de mon regard étonné.

– Ce soir, après le travail, j'ai rendez-vous, me chuchota-t-elle.

Je l'observais en train de répondre au téléphone, prendre des notes sur un agenda. J'aimais sa façon de repousser ses cheveux d'une main, de dévoiler ses dents avec impudeur lorsqu'elle souriait. Je remarquai, pour la première fois, qu'elle ne portait pas d'alliance.

Le téléphone sonna. Le professeur demandait un dossier. Elle raccrocha, ouvrit un tiroir, sortit une chemise en carton, et se dirigea vers le bureau adjacent. Je lorgnai ses jambes avec la lubricité du loup de Tex Avery.

Le professeur me reçut une trentaine de minutes plus tard. Il me fit signe de m'asseoir près de lui. Je sentis son regard acéré m'examiner avec minutie.

En lui racontant ce que j'avais ressenti depuis le début de ces manifestations étranges, je pris conscience de l'invraisemblance de mon discours. J'avais l'impression d'être un petit garçon qui tente de persuader un grand-père sceptique de la véracité d'un conte surnaturel. Plus je m'efforçais d'être précis, plus je m'embourbais.

Le professeur m'écouta. Il hocha la tête tandis que j'en arrivais à la fin de mon histoire. Ni surpris, ni choqué, il se leva, marcha dans son bureau, les bras croisés derrière son dos. Ce qui m'arrivait était un peu particulier, dit-il. Il allait tenter de m'éclairer.

– Sachez que la plupart des transplantés acceptent assez bien d'hériter de l'organe d'un autre. Leur donneur devient leur sauveur, et cela s'arrête là. La greffe a modifié leur vie tout simplement parce qu'ils sont désormais en bonne santé au lieu d'être malades. Mais il arrive que certains d'entre eux fabulent à propos de leur donneur. C'est votre cas, semble-t-il. Votre histoire peut paraître étrange, mais vous verrez que tout s'explique si nous la reprenons point par point.

Le professeur s'assit à nouveau.

— Commençons par l'anecdote de la main gauche. Vous me l'avez suggéré vous-même : ne seriez-vous pas un gaucher contrarié ? Il a suffi qu'on vous éloigne de votre ordinateur pour que vous vous en rendiez compte. Vos goûts ont certes changé, mais vos habitudes alimentaires d'avant étaient mauvaises : trop de viande, de sucre, d'alcool. Vous vous sentez mieux, car vous mangez mieux. Le fait d'arrêter de fumer a joué également. Vos papilles gustatives se sont développées, votre sens olfactif aussi, et vous prenez plaisir à goûter, à sentir des plats plus raffinés.

Je baissai la tête. Il avait sûrement raison.

— Quant aux œuvres de Paolo Ucello, elles vous bouleversent, voilà tout ! Vous avez découvert sur le tard la peinture, l'art, l'Italie, le Quattrocento…

— Mais je ressens des choses si fortes, si nouvelles…

Le professeur me sourit comme à un enfant buté.

— Vous avez été transformé par la maladie, par la longue et difficile attente d'un organe. Vous avez changé de vie, ne l'oubliez pas. Je vous l'avais prédit. Il est normal que tout vous paraisse différent. Pour la première fois, vous avez pris le temps de vous ouvrir au monde. Qu'y a-t-il de surprenant à ce qu'il vous semble plus beau, à ce que vous ressentiez des sensations inconnues ? Vous avez envie de porter du rouge, de manger autre chose, de parler, de jouir de votre nouvelle liberté. Bravo ! Mais ces sensations n'ont rien à voir avec la personnalité de votre donneur, croyez-moi. Vous avez reçu son cœur. Cet organe est à présent le vôtre. Un cœur n'a pas de mémoire.

– Ne pourrais-je pas connaître l'identité de mon donneur ?

– Cela ne vous avancera à rien. Il est mort. Il vous a fait don de son cœur, et vous êtes en vie. C'est tout ce que vous devez savoir.

Je me taisais, mortifié.

– Voici ce que je vous propose, dit le professeur doucement, comme s'il devinait ma honte. Réfléchissez à notre conversation. Et si ces manifestations continuent à vous troubler, allez voir le psychiatre de notre service, le Dr Pinel, une femme formidable qui ne travaille qu'avec des transplantés. Certains receveurs souffrent de problèmes psychologiques. Il est nécessaire d'y remédier si cela arrive.

Je n'avais jamais vu un « psy » de ma vie. Mais je pris les coordonnées du Dr Pinel. Le professeur me serra la main.

– Ne vous en faites pas, dit-il. Vous savez, Paolo Ucello fait battre le cœur de beaucoup de monde. Et ce depuis fort longtemps…

Le professeur avait dû me prendre pour un original. J'aurais voulu disparaître sous terre. Jamais je ne m'étais senti aussi ridicule. Une chaleur inconfortable piqua mon visage et mes oreilles. Serais-je devenu fou ?… Devais-je aller voir cette psychiatre ?…

Pourtant, je disais la vérité, rien que la vérité. Même si le professeur s'était targué de trouver des réponses à mes questions, je n'étais pas convaincu par ses explications. Je n'avais pas perdu la raison. Je le savais. Peu importait qu'il me croie fou, après tout ! Plus question de dévoiler mon histoire à qui que ce soit. Ce serait à moi – et à moi seul – de poursuivre mes recherches. J'étais résolu à connaître le nom de mon donneur, afin de comprendre ce qui m'arrivait.

– Cela n'a pas l'air d'aller, monsieur Boutard…

La voix chaleureuse de Joséphine me tira de mes pensées.

– Si, si… balbutiai-je.

– Vous en êtes certain ? fit-elle.

Un au revoir au bout des lèvres, je quittai le bureau la mine renfrognée. Je sentis une main sur mon épaule alors que j'appelais l'ascenseur.

C'était elle.

– Que vous a dit le professeur ? Pas de mauvaise nouvelle, j'espère ?

Elle avait l'air inquiet :

– Pas de crise de rejet ?

– Non. Juste une crise d'adaptation à mon nouveau cœur.

Sa jolie bouche s'allongea d'un sourire.

– Cela arrive, vous savez. Le professeur vous a-t-il suggéré de consulter le Dr Pinel ?

Les portes de l'ascenseur se refermèrent sur moi avant que je ne réponde à sa question.

Une semaine plus tard, j'attendais Mathieu dans un restaurant chinois du Quartier latin. Nous devions voir *Manhattan*, un film de Woody Allen, après notre dîner. Depuis peu, j'aimais l'humour particulier de ce cinéaste new-yorkais, sa finesse, sa lucidité, et sa façon amusante de raconter ses déboires avec les femmes. Pour Mathieu, c'était une grande victoire. M'accompagner à un Woody Allen en version originale – moi qui avais longtemps refusé les sous-titres – relevait de l'exploit !

Mathieu tardait à venir. Je repensais à mon entretien avec le professeur. À plusieurs reprises, j'avais eu envie d'en parler à mon fils. Mais je craignais sa réaction. Pourtant, il était bien la seule personne à qui je pouvais me confier. Stéphane, depuis notre dîner, n'avait pas donné de ses nouvelles.

Le restaurant était animé et bruyant. Je me trouvais trop près du coin « fumeurs » à mon goût. La volute parfumée d'une cigarette me caressait-elle les narines qu'elle faisait naître en moi la tentation. Je fis signe au garçon que je désirais changer de table. Il m'installa à l'autre bout du restaurant.

En face de moi, deux jeunes femmes terminaient leur repas. L'une d'entre elles était Joséphine. Elle ne m'avait pas vu. Caché derrière la carte du menu, je pus l'observer à ma guise. Elle me parut moins sérieuse sans sa blouse blanche. Son corsage noir ondulait sur des seins menus mais impertinents. Ses lèvres ourlées d'un rouge soutenu, ses paupières soulignées d'un trait mauve faisaient ressortir le vert de ses yeux. Elle devait se sentir observée, car elle jeta un regard circulaire autour de la pièce. Elle me vit, me fit un petit signe amical. Je lui adressai un sourire.

Mais que faisait donc Mathieu ? La séance débutait dans moins d'une heure, et je n'avais toujours pas dîné. « Votre fils au téléphone ! » vint me dire le garçon. Qu'importe ! J'irai voir *Manhattan* tout seul, décidai-je après avoir parlé à Mathieu, retenu par l'un de ses professeurs. Ma commande me fut servie peu après : « nems » à la menthe fraîche et sauce piquante, poulet « chop suey » et riz cantonais.

Je dînai en lisant un journal, tout en surveillant discrètement Joséphine, qui en était à son deuxième décaféiné. Sa compagne, une jeune femme brune au rire très joyeux, l'embrassa et partit. Le regard de Joséphine se posa sur moi. Je fis mine de me plonger dans ma lecture. Lui offrir le spectacle de ma solitude me coûtait.

Elle s'approcha de ma table pendant que je réglais l'addition.

— Bonsoir, monsieur Boutard, fit-elle.

— Bonsoir, Joséphine.

— Vous allez mieux ?

— Oui, merci.

— Avez-vous pris rendez-vous avec le Dr Pinel ?

— Non. Je n'ai pas besoin de la voir.

Elle m'observa sans rien dire. Puis, après un coup d'œil rapide à sa montre :

— Je dois vous laisser. À bientôt !

Elle me sourit, se dirigea vers la sortie.

Arrivé au cinéma, je regrettai l'absence de Mathieu. La salle bascula dans le noir. Une mélancolie serra mon cœur. Les images en noir et blanc de New York, la musique de Gershwin évincèrent peu à peu ma tristesse. Puis je fus vite envoûté par Mariel Hemingway, la blonde et pâle héroïne du film. À peine sortie de l'enfance, les joues encore rondes, la démarche pataude, elle dégageait une sensualité bouleversante. Comment pouvait-elle caresser, embrasser Woody Allen qui n'avait rien d'un séducteur et trente ans de plus qu'elle ? Cela me réconforta.

Alors que je me dirigeais vers la sortie à la fin de la séance, une main me tira par la manche.

C'était Joséphine.

– Vous étiez là ? demanda-t-elle.

– Mais oui.

– Ça alors ! Tout seul, comme moi ?

– Mon fils n'a pas pu m'accompagner…

– Mon amie non plus. Comme c'est bête… Si j'avais su !

Son visage s'égaya d'un sourire.

– Allons prendre un verre ! On parlera du film.

Dans ce bar du boulevard Saint-Michel, je me contentai de la regarder et de l'écouter. Elle était drôle, vive, délurée. À trente-quatre ans, divorcée, elle était mère d'une fillette d'une dizaine d'années, Valentine. Elle travaillait pour le professeur Berger-Le Goff depuis huit ans.

M'étais-je déjà retrouvé ainsi, à parler avec une femme jusque tard dans la nuit ? Joséphine me posa beaucoup de questions. J'y répondis avec plaisir, puis je lui en posai à mon tour. C'était un échange facile et agréable. Je n'avais rien connu de tel. Avec les femmes, j'avais toujours été mal à l'aise. Mais, ce soir-là, ma langue se déliait. Les mots me vinrent avec une étonnante fluidité. Joséphine riait. Faisait-elle semblant ? Son rire n'avait rien de forcé. Je n'avais jamais fait rire une femme de ma vie, sauf Élisabeth, récemment, et pour de mauvaises raisons. J'eus beau chercher, il n'y avait rien de moqueur dans le rire de Joséphine.

Vers minuit, nous nous quittâmes devant le métro.

— J'ai passé un très bon moment, me dit-elle.

— Moi aussi.

Un petit silence s'écoula. Puis elle me tendit la main d'une manière un peu gauche.

Je rentrai rue de Charenton. S'était-elle attendue à ce que je l'embrasse ? Cette poignée de main m'avait semblé impersonnelle. Elle concluait d'une façon abrupte une soirée intime.

Joséphine m'empêcha de dormir une bonne partie de la nuit. Comment la revoir ? Devais-je appeler l'hôpital, lui proposer un rendez-vous ? Mais le courage me manquait. J'eusse tant préféré qu'elle fît le premier pas !

Je tentai de décortiquer mes émotions. De quoi, au juste, avais-je envie ? La posséder à la va-vite dans ma garçonnière, la voir nue dans un lit, cheveux épars sur l'oreiller ? Il me sembla que non. Pourtant, mon désir était bien là, tangible.

Le sommeil s'annonça ; je lui concédai mon corps fatigué, mais mon cerveau, galvanisé par Joséphine, mit longtemps à s'apaiser. Au bord de l'assoupissement, je compris que sa voix, son rire, son parfum me manquaient, comme si cette femme avait déjà investi ma vie avec la chaleur de son sourire.

Dix heures du matin. La sonnerie du téléphone me tira de ma torpeur. C'était elle. Comment avait-elle eu mon numéro ? Dans mon dossier médical, sans doute.

– Je voulais juste vous dire que…

Allongé dans mes draps chauds, j'écoutais le silence soudain de Joséphine se peupler de choses non dites.

– J'espère que je ne vous dérange pas…

Un autre silence.

– Vous devez me trouver effrontée…

Je la laissai parler.

– Je vous réveille peut-être ?

Elle semblait gênée, mais sa voix était chaleureuse.

Alors je pris les devants. Ce fut très facile. Beaucoup plus facile que je ne l'avais imaginé.

– Moi aussi, je voulais vous dire. Vous ne me dérangez pas. Je vous trouve merveilleusement effrontée. Oui, vous me réveillez. Savez-vous que *Annie Hall* se joue au Saint-Lambert ?

Nous prîmes l'habitude de nous retrouver une fois par semaine, à la sortie de son travail, dans un café du boulevard de l'Hôpital. Joséphine insistait pour ne pas boire d'alcool puisque je n'y avais pas droit. Nous nous quittions en général à la nuit tombée, après une heure ou deux de conversation joyeuse et animée. Je songeais souvent à l'inviter à dîner, mais je n'osais pas ; ce fut elle qui me proposa un bistrot du boulevard Saint-Marcel.

Ce soir-là, nous nous laissâmes aller à des fous rires. Ses yeux plissés en deux petites lignes bordées de cils noirs lui donnaient l'air d'une gamine. À la fin du dîner, elle me prit la main d'un geste amical, la garda un temps dans la sienne, puis me caressa les doigts de son autre main, plus câline. Le contact de sa peau me troubla.

– J'ai passé une soirée merveilleuse. Les hommes qui savent faire rire les femmes ainsi sont très rares. Merci.

Je rêvais de porter sa main à mes lèvres, d'embrasser la saignée de son poignet. Mais elle me regardait avec amitié et reconnaissance, et j'eus peur de rompre l'intimité de ce moment. Sur le trottoir, lors de notre bise coutumière, je la pris dans mes bras. Sa tête s'abandonna sur mon épaule. Nous restâmes longtemps ainsi, enlacés.

– Je suis bien dans vos bras, murmura-t-elle.

– Je vais vous ramener chez vous, lui dis-je. Voulez-vous ?

– Oui. C'est à deux pas… Et puis ce soir Valentine est chez son père…

Une fois chez elle, dans l'obscurité du vestibule, je pris son visage entre mes mains, caressai ses pommettes, ses tempes, les cheveux noirs et épais dans lesquels je vis quelques fils d'argent briller comme des rayons de lune. Nous ne parlions pas. J'entendais sa respiration, et lorsque je la pris dans mes bras, je captai les battements de son cœur. Elle se blottit contre moi comme une petite fille, et me serra de toutes ses forces. Puis elle me tendit sa bouche. Nous nous embrassâmes, debout dans l'entrée.

Je n'aimais pas embrasser. Du moins le croyais-je. Mais il me sembla ne jamais pouvoir me rassasier des lèvres de Joséphine, de sa salive qui se mélangeait à la mienne. J'aurais voulu que ce premier baiser dure toute la nuit.

Je déboutonnai sa blouse, dévoilai sa peau de brune, libérai ses seins du soutien-gorge. Elle ouvrit ma chemise, imprima ses lèvres sur mon torse. Sa main saisit la mienne, la glissa sous sa jupe, dans sa culotte, là où une douce fourrure m'accueillit. Mes doigts s'entrelacèrent dans sa toison, y musardèrent. Mais Joséphine céda à son impatience et s'empala sur mes phalanges avec frénésie. Cela faisait un siècle que je ne m'étais pas aventuré dans la chaleur onctueuse d'une femme. Elle me regarda, les yeux brillants dans la semi-obscurité. Puis elle m'emmena dans sa chambre.

Nue, Joséphine me parut émouvante. Son dos, ses épaules graciles, ses hanches rondes me touchèrent. Très haut sur ses jambes, quelques veines bleutées traçaient un lacis délicat. Elle avait une peau encore jeune, élastique; légèrement relâchée par endroits, au pli de l'aine, à l'intérieur des cuisses. J'aimais ce corps à la fois ferme et malléable, sportif mais féminin.

Malgré sa douceur, ses sourires, je la sentis mal à l'aise. Je lui demandai la raison de son embarras. Elle caressa mon visage d'une main nerveuse.

– J'ai envie de vous, mais j'ai remarqué que lorsque je passais aux choses sexuelles avec un homme, nos rapports changeaient.

– Vous avez peur de gâcher notre amitié?

– Vous devez me trouver ridicule.

– Je ne suis pas pressé, Joséphine.

– Les hommes le sont, pourtant.

– C'est vrai. Mais pas toujours.

– Ceux à qui j'aurais pu livrer ce genre de confidences auraient déjà claqué la porte.

– Il n'y a pas si longtemps, j'en aurais fait partie.

– Et vous ne m'auriez jamais rappelée.

– Exact.

– Mais vous êtes encore là. Pourquoi?

Je plaquai une de ses mains contre ma joue, me frottai à sa paume dont je devinais les croisillons secrets, la surface fine. Puis je l'ouvris comme on déplie une carte, pour me pencher sur les sinuosités sibyllines de ses lignes de vie, de cœur et de chance, afin de tout décrypter, de tout connaître d'elle.

— Parce que j'ai tout mon temps.

— Il faut que je vous dise autre chose…

— Vous voulez que je parte ?

— Non. Restez. Avec les hommes… J'ai souvent été déçue. Cela se passe trop vite. Après, on n'a plus rien à se dire. Ils se rhabillent, et ils s'en vont. Et pendant…

Elle hésita.

— Je suis en train de vous confier des choses que je n'ai jamais dites à un homme.

— Un homme qui est de surcroît nu dans votre lit.

Elle éclata de rire, passa une main dans mes cheveux.

— Pendant l'amour, il m'est souvent arrivé de faire semblant.

— Cela a toujours été ainsi ?

— Depuis quelque temps. Pourtant, j'ai eu des amants plus doués que d'autres. Cela vous paraît idiot ?

— Rien de vous ne me paraît idiot.

Je tins contre moi son corps que le sommeil envahissait. Mon désir d'elle se fit plus intense tandis qu'elle s'endormait dans mes bras. Il aurait suffi d'un mouvement pour que je la prenne. Mais je réussis tant bien que mal à m'assoupir à son côté, comme si elle était ma compagne.

Cela faisait longtemps que je ne m'étais pas endormi ainsi, avec une femme dans mes bras.

Depuis Élisabeth.

Elle était déjà partie travailler lorsque j'ouvris un œil. Un petit mot m'attendait sur l'oreiller.

Je n'ai pas osé vous réveiller, vous dormiez si bien. Je penserai à vous toute la journée. Appelez-moi.

J.

Dès qu'une femme s'accrochait, j'avais l'habitude de déguerpir. Je ne ressentais qu'une envie, cette fois, celle de revoir Joséphine, l'étreindre à nouveau, respirer son odeur de musc ambré, m'endormir à côté d'elle.

Je me levai, nu, en marchant à pas de loup dans son appartement. Je jetai un coup d'œil dans la chambre de sa fille, au sol jonché de poupées Barbie échevelées. Dans la salle de bains, un tas de sous-vêtements débordaient d'un panier en osier. Je regardai les crèmes de beauté, produits de maquillage et flacons divers sur l'étagère au-dessus du lavabo.

Cette ambiance féminine me plut. Je pus observer tout ce qui m'était resté étranger depuis mon divorce. Il y avait un tube de crème « Anti-âge Antirides » à côté de sa brosse à dents ; un gant de crin et un lait « Spécial Minceur Up-Lift » sur le rebord de la baignoire. J'entrouvris au hasard des boîtes, vanity cases, poudriers, écrins ; touchant du doigt tampons hygiéniques, boucles d'oreilles, vernis à ongles et rouges à lèvres.

Dans la cuisine, je me préparai du café dans un bol breton marqué du prénom « Marc ». J'ignorais qui était Marc, mais je bus le café à sa santé. De retour dans le salon, je regardai les livres qui ornaient la bibliothèque. À en juger par la profusion de romans, de polars, d'essais, de recueils de poésie, Joséphine aimait lire. Le professeur Berger-Le Goff en avait signé quelques-uns, gentiment dédicacés à sa jeune assistante.

L'un d'entre eux, consacré au recensement des nombreuses maladies cardiaques, m'apprit que le cœur d'un embryon battait dès le vingtième jour de sa conception. L'on pouvait en capter les pulsations à un mois. Je regardai une photographie : avant qu'il n'ait figure humaine, un embryon avait déjà un cœur !

Puis mon regard fut attiré par le titre d'un ouvrage ancien à la reliure dorée : *Anatomie du cœur*, par le Dr Émile Goubé. Il datait de 1866, et comportait d'étonnantes illustrations. Je m'installai sur le canapé pour le lire, après m'être ceint les reins d'un drap de bain.

À quoi ressemblait un cœur ? Je ne l'avais jamais su. Les premières images représentaient des coupes du ventricule droit et de l'oreillette droite. C'était un écheveau de veinules, de tendons reliés l'un à l'autre par un labyrinthe complexe. Jamais je n'aurais cru que cet organe fût si perfectionné.

101

De l'index, je suivis la longue cicatrice qui balafrait ma peau. Là-dessous, désormais, il y avait le cœur d'un autre. Un cœur conçu par d'autres parents que les miens. Un cœur inconnu dont le mystère m'obsédait.

Je rangeai les livres, pris une douche, m'habillai. Le téléphone sonna alors que j'enfilais ma veste. Le répondeur se mit en marche. J'entendis la voix de Joséphine.

– Bruce ? Êtes-vous là ?

Je décrochai, amusé qu'elle persiste à me vouvoyer. Je décidai de faire de même.

– Je suis là. Je suis très bien chez vous.

– Tant mieux…

– Joséphine…

– Oui ?

– Qui est Marc ?

– Mon ex-mari. Pourquoi ?

– Pour rien.

– Je vais rentrer déjeuner tout à l'heure. Vous m'attendez ?

Je souris dans le combiné.

– Oui, Joséphine. Je vous attends.

Durant les semaines qui suivirent, je n'esquissai envers elle aucun autre geste que ceux de la tendresse. Dans la rue, je lui prenais le bras ; au café, je lui caressais la main ; et au lit, je la berçais comme si elle était mon enfant. Elle m'avait raconté sa vie, son enfance, son adolescence, son mariage, la naissance de Valentine, son divorce, son travail et ses déceptions sentimentales. Elle me disait souvent que j'étais devenu son meilleur ami, celui à qui elle pouvait tout dire.

Je fis la connaissance de sa fille – son portrait – aussi vive et drôle qu'elle. À mon tour, je leur présentai Mathieu. Joséphine lui plut d'emblée. Il aima son esprit, sa gentillesse, son rire, et surtout ses jambes. Il lui fit même du charme.

Les jours passèrent. Je dormais avec Joséphine les soirs où la petite était chez son père, sans lui faire l'amour. J'étais convaincu qu'il fallait la laisser venir à moi. Ce fut un supplice.

Reins et bas-ventre bridés par une ceinture de chasteté imaginaire, je me recroquevillais dans une patience héroïque. Je me persuadais que j'étais un moine. Combien de nuits passais-je à transpirer au côté de Joséphine, à lutter contre les affres de la concupiscence, à combattre la tentation ? Aussi, malgré mon naturel peu religieux, ne me restait-il plus qu'à réciter des prières silencieuses pour tenter d'oublier qu'une femme si désirable dormait la tête sur ma poitrine.

Un soir, alors que je lui souhaitais bonne nuit, elle se colla contre moi. Elle ne portait pas son habituel T-shirt. La nudité de son corps m'arracha un cri de surprise. Joséphine s'empara de ma bouche avec l'avidité d'un vampire exsangue. Il n'y avait aucune ambiguïté dans son baiser.

Essoufflée, troublée par mon répondant, elle murmura contre mon cou :

– Je commençais à croire que je ne vous faisais rien… que vous me trouviez moche… Je n'ai jamais connu un homme capable de passer toutes ces nuits à côté d'une femme sans lui sauter dessus. Comment avez-vous fait ?

– J'ai eu des pensées pieuses.

– Des semaines que j'attends cet instant… chuchota-t-elle en pétrissant mon corps de ses mains friandes comme si j'étais une pâte appétissante.

J'aimais la regarder prendre l'initiative ; l'odeur ambrée de sa peau, la hardiesse de ses caresses, la nacre de ses paupières lorsqu'elle fermait les yeux, et sa tendresse aussi.

Je ne m'étais jamais considéré comme un bon amant. Je me doutais que j'avais été égoïste en amour. Vers l'âge de vingt ans, j'avais découvert que, s'il était facile de prendre une femme, lui faire l'amour était une autre affaire. L'angoisse de ne pas être à la hauteur me paralysait ; je devenais brutal : mieux valait passer pour une brute que pour un minable ! Plus j'étais brusque et rapide au lit, plus j'étais persuadé que mes conquêtes me respectaient.

Au moment de pénétrer Joséphine, une peur me prit. Je n'avais pas de préservatif. Joséphine devina mon embarras.

– Ne vous inquiétez pas, fit-elle. Regardez.

Elle montra mon sexe du doigt. J'y jetai un coup d'œil. Il était encapuchonné d'une enveloppe de latex.

– Mais comment…

Elle m'emprisonna la taille de ses longues jambes.

– Chut. À vous de jouer, maintenant.

C'était la première fois depuis ma greffe que je faisais l'amour. Il y avait dans mes gestes une nouvelle douceur. J'étais moins pressé, moins brutal. Était-ce pour cela que mon orgasme me parut différent ? Il balaya mon corps d'une vague voluptueuse des pieds jusqu'à la tête, au lieu de racler mon bas-ventre d'un coup de pétard intense.

Joséphine semblait triste.

– Je n'ai pas envie de faire semblant avec vous, me confia-t-elle. C'était agréable, mais la terre n'a pas tremblé. N'allez pas croire surtout que c'est votre faute. C'est la mienne.

Je la fis taire d'un baiser. Elle était alanguie à mon côté, les yeux clos. J'eus envie de Joséphine à nouveau. D'où me venait ce désir de baguenauder, de faire renaître la montée du plaisir ? Que signifiait cette soif de volupté ? Peut-être était-elle due, tout simplement, à la longue abstinence dont je venais de sortir ?

Mais l'appétit retrouvé après ce long jeûne semblait avoir changé. Les plats envers lesquels j'avais toujours nourri une certaine répugnance affûtaient à présent ma fringale. Jusqu'ici, le mot « vagin » évoquait à mes yeux l'abîme qu'était un sexe de femme : son insondable mystère, sa mise en marche capricieuse. Mes notions rudimentaires de l'anatomie féminine, le goût saumâtre de ces plis cachés firent que j'avais peu apprécié de m'y attarder de mes lèvres ; et si une partenaire entêtée (ou plus lourde que moi) parvenait à m'imposer un cunnilingus, je bâclais la besogne. Je m'aventurais alors dans ce territoire inconnu à la façon d'un explorateur pleutre le long d'une grotte obscure, pour m'y jeter à contrecœur comme on se force à plonger dans une mer glaciale. J'effectuais à la hâte quelques manœuvres maladroites en ignorant les directives qu'on avait parfois l'outrecuidance de me lancer : « Plus haut ! Non, plus bas… À gauche, oui, non, à droite ! », pour enfin jaillir le souffle court, un poil coincé entre les dents.

Lors de cette première nuit d'amour avec Joséphine, je ne me lassais pas d'observer les froncements intimes de sa chair qui s'ouvraient à mon visage comme une étrange fleur. D'une main légère, je suivis la courbe de ses cuisses, le creux de son abdomen, l'arrondi de ses seins. Puis j'empruntai de ma langue cet itinéraire, en laissant un sillon de salive sur sa peau. De temps en temps, je m'arrêtais. D'un soupir, elle m'intimait de poursuivre mon chemin. Parfois je m'égarais sur la rondeur d'un genou, sur un petit tendon de pied, sur la pointe rugueuse d'un coude. Puis je revins vers son sexe que j'effleurai à peine de mes lèvres, m'approchant de lui pour m'en éloigner encore. Joséphine se cambra, leva les hanches, tenta de harponner ma bouche qui l'éludait.

Jadis, c'eût déjà été le moment de me dégager avec une célérité grossière pour attaquer le plat de résistance. Mais je trouvais ces hors-d'œuvre tout à fait à mon goût, et ma verge, qui avait pour coutume de se mettre en berne dès que je piquais du nez dans un sexe féminin, s'érigeait avec une fierté marmoréenne.

Je n'avais jamais réussi à dénicher le clitoris de certaines femmes. Fourvoyé dans ces triangles des

Bermudes, je m'évadais au plus vite, agacé par les arcanes de cet organe notoire dont le mode d'emploi m'était encore inconnu, faute de patience et d'envie… Celui de Joséphine débusqué, qu'allais-je maintenant en faire ? Fallait-il le mordiller, le pourlécher, le malaxer ? Fallait-il au contraire paître aux alentours sans le butiner directement ?

Je n'étais sûr que d'une chose ; la nuit nous appartenait. Nul besoin de me précipiter, de m'affoler ! J'avais tout mon temps pour tenter d'apprivoiser ce mystérieux bout de chair. Très délicatement, je l'embrassai, comme s'il eût été une chose infiniment précieuse et fragile. Douceur et tendresse s'imposaient. Une certaine humilité aussi. Je me concentrai sur ce clitoris avec déférence, sans empressement, sans brutalité. Il était devenu le centre du monde – que dis-je, de l'univers ! –, et je me dévouai à lui, corps et âme.

Combien de temps restai-je ainsi, prosterné dans l'intimité de Joséphine ? Une heure ? Un siècle ? Assez longtemps pour avoir mal à la nuque et une crampe au mollet. Assez longtemps pour douter profondément de moi. Mais je ne voulais pas lâcher prise. Quelque chose me poussait, le désir d'elle, sans doute, et l'envie de la faire jouir.

Jamais jouissance de femme ne me sembla si capitale. De mes maîtresses, je n'avais su distinguer les simulatrices des sincères. Peu m'importait, après tout, qu'elles eussent des vrais ou faux orgasmes puisque seul mon plaisir comptait. Tout à l'heure, plutôt que de jouer la comédie, Joséphine avait préféré m'avouer que, pour elle, « la terre n'avait pas tremblé ». J'appréciais son honnêteté. Mais aurais-je le courage d'essuyer une seconde défaite ?

Un autre siècle s'écoula. Je connaissais à présent son sexe par cœur. Je l'aurais reconnu entre mille. Je savais tout de lui, sa couleur brunâtre et rosée, sa texture à la fois soyeuse et rêche. J'étais en apnée de Joséphine, aspiré dans ses entrailles. Étais-je sur la bonne voie ? Allais-je seulement y arriver ? Comme un coureur de fond sent enfin s'estomper un point de côté rebelle, le second souffle décupla mon application.

Mais elle ne disait rien. Je la trouvais beaucoup trop silencieuse. Me débrouillais-je si mal ? Je risquai un coup d'œil par-dessus le renflement de son pubis. Accoudée, elle me regardait. Ses yeux clairs paraissaient noirs, ses traits altérés. Était-elle donc si fâchée ? Je n'avais jamais vu une expression pareille sur son visage. Je levai la tête, penaud.

Son « Non ! Encore ! » éclata comme une invective, ses jambes se nouèrent autour de mon cou avec la puissance d'un boa constrictor, et une main impérieuse s'abattit sur ma nuque. Je replongeai.

Au premier coup de langue, un frétillement se fit sentir, comme celui d'une libellule qui danse sur la surface de l'eau. Je captai des remous de plus en plus forts dans les sables mouvants de son bas-ventre. Une houle s'emparait d'elle, s'imprimait sur son corps en une longue convulsion.

108

Il n'y eut aucun cri, aucun gémissement. Joséphine jouit, dans le plus profond silence, mais l'ampleur de son plaisir fit bourdonner mes tympans comme le carillon joyeux d'une cloche.

Puis elle me prit dans ses bras, sans mot dire, et me serra très fort contre elle.

Avec Joséphine, je goûtai à des moments d'intimité que je n'avais jamais connus avec d'autres femmes. Le quotidien, qui m'avait tant fait horreur du temps d'Élisabeth, prenait une nouvelle tournure avec elle. Tout ce qui m'avait semblé être une série d'obligations – dormir avec une femme, manger avec elle, parler, marcher, faire la cuisine, les courses – se muait à présent en plaisir facile. Sans doute notre bonheur me paraissait-il parfait parce que nous n'en étions encore qu'au début de notre histoire ? D'ici quelques années, peut-être allions-nous devenir un de ces couples banals rongés par l'habitude, par l'usure.

Il était encore trop tôt pour se laisser aller à ces sombres pensées. Joséphine ensoleillait ma vie de son sourire, de ses charmes. Étais-je amoureux ? Cela m'en avait tout l'air. Et elle, m'aimait-elle ? Elle ne me l'avait jamais dit, mais ses regards tendres, ses gestes empreints de douceur et de passion laissaient filtrer quelque chose qui ressemblait fort à de l'amour. Je ne me lassais pas de sa compagnie.

Malgré les attraits de cette nouvelle vie à deux, je pensais jour et nuit à mon histoire de cœur. Une véritable obsession ! De temps en temps, j'allais voir le tableau au Louvre. Là, il se passait toujours la même chose. Cela ne pouvait plus continuer, ou j'allais perdre la raison.

Pourquoi n'en avais-je encore rien dit à Joséphine ? Une réticence m'en empêchait ; la peur qu'elle me prenne pour un fou. Mais, un soir, après l'amour, alors qu'elle était lovée dans mes bras, je lui demandai si le nom de mon donneur figurait dans mon dossier médical. Joséphine se redressa sur un coude. Son visage était grave.

– Pourquoi veux-tu le savoir ?

Elle me tutoyait pour la première fois.

Je la regardai sans rien dire.

– Tu n'en as pas le droit, dit-elle. C'est interdit.

– Réponds à ma question.

Elle m'observa comme si elle décryptait quelque chose dans mes yeux.

– Le nom de ton donneur figure bien dans ton dossier médical.

Silencieux, je ne la quittai pas du regard. Puis je lui demandai où se trouvaient ces dossiers.

– Ils sont dans mon bureau.

– N'importe qui y a accès ?

– Non. Le tiroir est verrouillé. Je suis la seule à en posséder la clef.

Un silence s'écoula.

Joséphine posa sa bouche chaude sur le haut de ma cicatrice.

— Tu ne dis plus rien ? murmura-t-elle.

— Si je te demandais de me donner ce nom, le ferais-tu ?

— Je suis tenue par le secret médical. Si je le brisais, on pourrait me licencier.

— Alors, oublie tout ce que je viens de te dire.

Je la serrai contre moi.

Quelques minutes plus tard, elle leva son visage vers le mien. Je distinguai dans la pénombre ses yeux, l'envolée de ses sourcils noirs.

— C'est si important pour toi de connaître le nom de ton donneur ?

— Oui.

— Que ferais-tu si tu le savais ?

— Je vais tenter de comprendre.

— Comprendre quoi ?

— Un jour, je t'expliquerai.

— Tu ne vas pas aller voir la famille de cette personne ?

— Non, mentis-je effrontément.

Joséphine se tut. Elle nicha sa tête au creux de mon épaule et mit longtemps à s'endormir. Son sommeil, comme le mien, fut agité.

Le lendemain, elle paraissait avoir oublié notre conversation.

Quelques jours plus tard, je trouvai une grande enveloppe à mon nom sur le palier de mon appartement. À l'intérieur, plusieurs feuilles photocopiées : il s'agissait de mon dossier médical.

Ma première pensée fut pour Joséphine. Elle devait m'aimer pour avoir pris un tel risque. Puis une appréhension me saisit au vu des pages dactylographiées. Mes mains tremblèrent tandis que je tournais les feuilles une à une. Résultats des tests, rapports divers, compte rendu opératoire, liste des médicaments nécessaires, suivi médical…

Je ne trouvais pas ce que je cherchais.

Puis des grosses lettres accrochèrent mon regard.

IDENTITÉ DU DONNEUR

En dessous, ces quelques lignes :

Nom : Delambre
Prénom : Constance
Sexe : féminin
Date et lieu de naissance : 3 janvier 1967 à Paris 75014
Groupe sanguin : 0
Domicile : 27, rue Lepic, 75018 Paris
Domicile des parents : « L'Ermitage », route de Saint-Julien-du-Sault, Bussy-le-Repos 89200
Date et heure du décès : 13 août 1996, 22 h 15
Lieu du décès : Courtenay.

Constance Delambre !

On m'avait greffé le cœur d'une Constance Delambre… Un cœur de femme.

J'avais dans ma poitrine un cœur de femme.

C'était impossible. Impossible !

Pourtant, les mots étaient là, qui me sautaient aux yeux, noir sur blanc : sexe féminin.

Plus aucun doute ! Je regardai la page, la relus encore et encore.

Quelqu'un frappa à la porte. J'ouvris : Joséphine. Elle me trouva pâle, agité. Sans dire un mot, je la pris dans mes bras. Puis je lui tendis la feuille. Elle y jeta un coup d'œil rapide, enleva son manteau.

– Oui, c'est ton donneur. C'est ce que tu voulais, non ?

– Mais… balbutiai-je. C'est une femme !

– Et alors ?

– On m'a greffé un cœur de femme. Tu te rends compte ?

Joséphine dévoila ses incisives pour rire à gorge déployée. Je ne trouvais pas cela drôle du tout.

– Tu as dû te tromper de dossier, Joséphine. Cette Constance Delambre n'est pas mon donneur. Mon donneur est un homme, j'en suis certain.

– Non, je ne me suis pas trompée de dossier, me répondit-elle en retrouvant son sérieux.

– Mais alors ?

– Alors quoi ?

– Comment cela se fait-il que mon donneur soit une femme ?

– Tout simplement parce que ton donneur avait un cœur compatible avec ton groupe sanguin et tes tissus. On greffe aussi des cœurs d'homme à des femmes. En général, la femme qui fait don de son cœur était grande, et l'homme qui le reçoit, plutôt petit.

Elle s'approcha de moi, souriante, posa les mains sur mes épaules.

– Comme toi. Quant à Constance Delambre, elle devait être une grande gaillarde d'un mètre quatre-vingts.

C'était donc vrai.

Devant mon silence, Joséphine se fit soucieuse.

– Cela ne te plaît pas d'avoir un cœur de femme ?

– Non, fis-je, bougon.

– Pourquoi ?

Maussade, je haussai les épaules.

– Cette femme t'a sauvé la vie. Son sexe n'a aucune importance.

– Si, insistai-je, tout en ayant conscience de mon ridicule.

– Quelle différence ? Tu es en vie, en bonne santé. Tu serais déjà mort si tu n'avais pas reçu ce don.

– Mais c'est une femme, bon Dieu ! explosai-je. Tu ne peux pas comprendre.

Joséphine remit son manteau avec une froideur ostensible qui donnait un éclat d'acier à ses prunelles.

– J'ai tout compris, rassure-toi. Tu as l'impression d'avoir reçu un cœur de deuxième catégorie. Avoue-le !

– Eh bien, oui ! Je l'avoue.

– Tu n'es qu'un sale misogyne.

Elle posa la main sur la poignée de la porte.

– Tu sais ce qui me fait le plus de peine ? Tu ne m'as même pas remerciée. J'ai tu cela par amour pour toi. J'ai pris beaucoup de risques. Et je peux te dire que je le regrette maintenant.

Elle claqua la porte, descendit l'escalier d'un martè-lement sec. J'eus honte, soudain. Aussi la rattrapai-je dans le hall d'entrée.

— Pardonne-moi, Joséphine. Tu as été merveilleuse. Et moi, idiot. Je ne sais comment te remercier.

Elle baissa les yeux.

— Tu m'as fait de la peine, murmura-t-elle.

Allongée nue sur mon lit, quelques instants plus tard, elle me dit d'une voix sérieuse :

— C'est formidable d'avoir un cœur de femme.

Elle prit ma main, l'appliqua sur son sein gauche.

— Je suis bien placée pour le savoir, déclara-t-elle.

Je n'avais pas fermé l'œil de la nuit. Dans ma poitrine régnait une agitation inconfortable, une kyrielle de turbulences, comme si ce cœur étranger cherchait à s'évader du corps qui le retenait prisonnier. Il vibrait sous ma peau, chargé de secrets, d'un passé que j'ignorais, d'un mystère qui me fascinait.

Ah, si on avait pu me transplanter celui d'un mâle, un vrai ! Que mon donneur eût été meurtrier, curé, coureur automobile, balayeur, joueur de poker, chanteur d'opéra, jardinier, chômeur ou ministre m'importait peu. Mais j'aurais eu le cœur d'un homme ! Dire que mon mètre soixante-dix m'avait valu cette mauvaise surprise. Stéphane, qui frisait les deux mètres, n'aurait jamais hérité d'un organe de bonne femme, lui.

Ainsi devais-je ma première vie à ma mère ; ma deuxième, à une inconnue de vingt-neuf ans. Cette pensée m'arracha un sourire ironique. Moi qui avais passé mon temps à rire des femmes, à les tromper, à les berner, à les mépriser, à les considérer fragiles, nerveuses, hystériques, caractérielles, écervelées, superficielles ! Dire que c'était à présent un cœur de femme qui me maintenait en vie…

Mes souvenirs de femmes remontèrent en moi en un long défilé parfumé qui se déplia comme un serpentin. À commencer par le plus ancien, celui de ma mère, si fière d'avoir fabriqué un garçon après deux filles, à un âge où un utérus n'est plus censé être productif, où un ventre rond affiché avec ostentation paraît obscène. Ma mère sentait l'eau de rose et la laque dont elle vaporisait sa coiffure sculptée. Sa voix était douce, presque chevrotante, éclipsée par le baryton tyrannique de mon père.

Puis mes sœurs, Véronique et Anne. Mon premier corps nu féminin, c'était celui d'Anne, un été en Bretagne. J'avais neuf ans. Elle n'avait pas fermé à clef la porte de la salle de bains, et je m'étais trouvé nez à nez devant une nudité qui m'avait toujours été soigneusement cachée. Elle glapit, ferma la porte d'un coup de pied adroit. Trop tard ! Mes yeux de gamin vicieux eurent tout le loisir de la reluquer.

Et Mme Bourget, professeur de mathématiques qui me fascinait autant qu'elle me terrorisait ? Sous son twin-set anthracite, deux obus pointaient avec une insolence gaillarde qui ne convenait pas à ses quarante-cinq ans. Sa lèvre supérieure était ornée d'un fin duvet qu'elle caressait d'un index songeur.

Une de mes premières érections, la mère de Stéphane l'engendra à son insu. C'était une femme superbe. Son élégance donnait aux autres mères l'allure de nains de jardin : la cuisse courte, le cul large et la mèche plate. Il y avait foule sous le préau

118

à la kermesse de fin d'année. La fête battait son plein. Tous n'avaient d'yeux que pour Mme Wirz. Elle portait une robe dont le décolleté arrondi mettait sa gorge en valeur comme un bijou dans un écrin. Elle m'avait invité à danser. Elle était beaucoup plus grande que moi. Cela me gêna au début, mais les avantages de cette différence de taille l'emportèrent vite sur les inconvénients : j'avais le nez dans sa poitrine. Mme Wirz souriait, indifférente à mon inhabileté. Contrairement à son fils, je me débrouillais mal. Elle virevoltait dans mes bras avec l'agilité d'une ballerine. Je voyais ses seins se trémousser, dévoiler leur aréole brune à chacun de ses mouvements. Une sensation étrange envahit mon bas-ventre. Mes testicules paraissaient comprimés par une force inconnue et mon pénis était dur comme du bois. « Tu es tout pâle ! me dit-elle. Ne veux-tu pas boire quelque chose ? » Je préférai me réfugier dans les toilettes, où je constatai avec stupeur la barre de chair dressée entre mes jambes.

Je me souvins de la première fille que j'embrassai, une Canadienne rousse affublée d'un appareil dentaire qui m'avait meurtri la bouche. Je dus attendre longtemps celle qui me céda sur un canapé aux ressorts grinçants, l'été de mes dix-sept ans. Je crois qu'elle s'appelait Virginie, mais je me trompe peut-être. À dix-huit ans, je connus Brigitte, qui tomba enceinte de moi. Elle voulait garder l'enfant. Sa mère la poussa à avorter, Dieu merci !

Et puis, Claire... Ah, Claire, avec sa chevelure de sauvageonne et ses petites fesses rondes. Très excitante... Mais elle me laissa tomber pour un autre.

Aussi toutes les femmes devinrent-elles à mes yeux des salopes. Je me souvins de la pauvre Sandrine, folle de moi. Plus j'étais mufle, plus elle m'aimait. Puis il y eut Élisabeth, dont je crus être amoureux, Élisabeth en tailleur blanc à la mairie, Élisabeth enceinte.

Un souvenir douloureux : notre fille mort-née, un an après la naissance de Mathieu. Je l'avais tenue dans mes bras avant de la remettre au médecin impassible qui l'emporta dans un minuscule cercueil. Comme elle était jolie, ma fille ! Fine et rose, même dans la mort. Pourquoi mourut-elle emprisonnée dans le ventre maternel ? On ne l'avait jamais su. La matrice d'Élisabeth était devenue une tombe. Elle ne s'en remit pas. Notre mariage, déjà fragilisé par mes infidélités, commença à se dégrader. Entre nous, désormais, flottait le fantôme de cette enfant que j'avais déclarée à l'état civil pour que sa trajectoire d'étoile filante figure dans le livret de famille. Elle s'appelait Lara, Lara Boutard. Ma fille aurait eu dix-sept ans aujourd'hui.

Vinrent les autres en rangs serrés dans ma mémoire. Les évoquer me semblait aussi facile que d'écosser des petits pois : une impulsion précise de l'ongle sur l'écalure, et les petites boules vertes se livraient avec docilité. Mais il n'était pas sans embûche d'égrener ainsi le chapelet de mes souvenirs.

Tanya, mon premier adultère. Ceux d'après ont, malgré tout, une saveur édulcorée.

Ma première pute. Désir et dégoût mêlés. Mon sentiment de honte et de reconnaissance lorsque sa bouche m'arracha une coupable jouissance.

120

Les femmes que j'ai haïes avec passion : Solange, ignoble et rusée, qui obtint la promotion de mes rêves ; mon ex-belle-mère, si méprisante, dont les frisettes auburn et l'haleine chargée me donnaient des envies de meurtre.

Celles que j'ai admirées en secret : le médecin au visage d'ange qui opéra Mathieu d'une grave péritonite ; une collègue, mère de deux petits enfants, dont le mari décéda d'un cancer, et dont le courage m'avait ébloui.

Celles qui ne m'ont inspiré que mépris ou répugnance : Sylvie, l'épouse diaphane de Stéphane, juchée sur ses talons aiguilles ; Mme Robert avec ses aisselles odorantes et ses mollets mauves lardés de varices.

Puis toutes celles qui m'ont dit non, celles dont le seul prénom fait naître en moi une amère sensation d'impuissance.

Le long cortège tire à sa fin. En dernier, je vois ma jolie Joséphine, rayonnante de bonheur. Mais une ombre se découpe derrière son épaule, une silhouette fugace qui reste dans l'obscurité. Une femme sans visage. Constance Delambre.

Pourquoi ma vie avait-elle changé depuis que son cœur battait dans ma poitrine ? Le professeur devait avoir raison : ma personnalité s'était modifiée avec la maladie, l'attente, la greffe. Mais un peu du tempérament de mon donneur ne s'était-il pas infiltré en moi avec son cœur ? Comment était-ce possible ? Sans doute Constance Delambre aimait-elle les tableaux de Paolo Ucello, écrivait-elle de la main gauche ? Je réfléchis dans l'obscurité. Que savais-je encore sur elle ?

Difficile de tracer une limite entre nos deux personnalités. Où se terminait-elle ? Où commençais-je ?

Me revint en mémoire la blague de Stéphane à propos de femmes et d'artichauts. Rien d'étonnant qu'elle m'ait tant répugné ! Je gloussai dans le noir malgré moi. Joséphine se retourna en marmonnant quelque chose d'incompréhensible.

Je me levai sans faire de bruit. Dans la cuisine, je bus un grand verre d'eau. Assis à la table, la tête entre les mains, l'envie de fumer une cigarette me démangeait. J'avalai un autre verre pour faire passer l'envie du tabac.

L'aube, infiltrée par la fenêtre, illuminait d'une clarté blafarde la pièce. Qu'avaient été les convictions de Constance Delambre, ses frayeurs, ses joies ? Qu'avait été sa vie ?

Avait-elle aimé, souffert, pleuré, vibré ? Qui l'avait à son tour aimée ? À quoi ressemblait son visage ; avait-elle été blonde, brune, rousse ? Je brûlais d'en savoir plus.

Dans le salon, je feuilletai mon dossier afin de retrouver la page qui concernait mon donneur. Plus une minute à perdre !

Maintenant, j'avais toutes les cartes en main. À moi de jouer, dans le plus grand secret, sans rien dire à personne. Et tant pis si ce que je m'apprêtais à faire était fou.

Le jour même, j'achetai une carte routière, car j'ignorais où se trouvait Bussy-le-Repos. C'était à une centaine de kilomètres de Paris. Je pouvais faire l'aller-retour dans la journée.

Je partis de bonne heure, le lendemain. J'avais dit à Joséphine que j'allais rendre visite à un ami. Une fois sur l'autoroute, je pensai à elle, à sa nature généreuse, à sa spontanéité, à l'amour qu'elle me portait. N'aurais-je pas dû tout lui expliquer ? Il était trop tôt encore. Je préférais voir comment allait se dérouler ma journée.

Qu'allais-je dire aux parents de Constance Delambre ? Fallait-il me faire passer pour un ami qui venait d'apprendre son décès ? Leur dire la vérité ? Ils devaient savoir que le cœur de leur fille avait été prélevé. Je décidai de ne pas trop y penser. Je devais rester naturel. Une fois sur place, j'improviserai.

Un grand panneau bleu me tira de mes rêveries. Courtenay... Ce nom me disait quelque chose... C'était là que Constance Delambre avait perdu la vie, le 13 août 1996, le jour de ma greffe. Ému, je ralen-

tis malgré moi. Comment Constance Delambre était-
elle morte ? Un accident de la route, m'avait-on dit
à l'hôpital. Sans doute était-elle partie retrouver ses
parents pour les vacances ? Le 13 août était la veille
d'un des ponts les plus meurtriers de l'année. L'autoroute, d'un gris monocorde qui tranchait le paysage
verdoyant d'une ligne nette et dure, n'avait gardé
aucune trace de l'accident mortel.

L'air pur et vif de la campagne me revigora. Un
coup d'œil sur la carte dépliée sur le tableau de bord
me rassura ; j'étais sur la bonne route. Bussy-le-
Repos n'était plus bien loin. Un clocher noir poin-
tait au-dessus d'un amas de toits bruns. Je devais
dépasser le village, puis continuer vers Saint-Julien-
du-Sault.

La départementale amorça un virage. À ma gauche,
une forêt s'avançait jusqu'à la route. Un portail en fer
forgé, derrière lequel se devina une haute bâtisse carrée au toit sombre, enfouie dans la verdure d'arbres
touffus. Sur la clôture, je lus : « L'Ermitage ». Je me
surpris à dire à voix basse :

– Tu vois, Constance, on est chez toi. Voilà ta
maison.

Je garai la voiture un peu plus loin. Mais devant les
grilles, soudain paralysé, le courage me manqua. Et
si je faisais demi-tour ? Afin de me détendre et de me
raisonner, je fis quelques pas le long de la route, les
mains dans les poches, désœuvré.

Je croisai une jeune fille à vélo. Elle me regarda
d'un air curieux.

– Vous cherchez quelqu'un ? me lança-t-elle en descendant de sa bicyclette pour ouvrir la grille de la maison.

– Je cherche « L'Ermitage ».

– Vous y êtes !

Elle était belle, constatai-je en m'approchant. Grande, mince, elle portait un jean et un sweat-shirt rouge. Elle devait avoir vingt-cinq ans.

– J'habite ici. Je peux peut-être vous aider ?

Trop tard pour faire marche arrière.

– Je m'appelle Bruce Boutard.

Elle me sourit poliment.

– Que puis-je faire pour vous ?

– Je rentre de voyage… Je viens d'apprendre le décès de… Je suis un ami de Constance. Je voulais…

Elle me regarda d'un air grave et triste, s'approcha, me tendit la main.

– Entrez, monsieur, ma mère est là. Je suis Garance, la sœur de Constance.

Il ne me restait plus qu'à la suivre.

Il fallait monter quelques marches pour accéder à la maison, dans laquelle on pénétrait par une entrée étroite, basse de plafond, où flottait un léger parfum de rose. Un escalier de bois menait à l'étage, d'où semblaient venir les notes assourdies d'une musique classique. Garance me désigna le salon d'un geste de la main. Je regardai autour de moi : deux canapés crème en épi autour d'une table basse couverte d'une nappe en lin ; deux grandes lampes aux abat-jour rouge foncé ; des livres : *L'Art de vivre à Venise, L'Art de vivre à Florence* ; aux murs : des tableaux XIXe de marines ; sur la commode : des maquettes de voiliers, et une collection de mappemondes anciennes.

J'aperçus des photographies dans des cadres sur la cheminée : plusieurs visages rieurs, dont celui de Garance. Je m'approchai d'un portrait d'une jeune femme à peine plus âgée que Garance, souriante elle aussi. Elle lui ressemblait beaucoup. Même blondeur, même finesse, mêmes yeux bleus. Ce ne pouvait être que Constance.

Je fus bouleversé en découvrant le visage de mon donneur. Elle rayonnait de joie de vivre. Je ne parvenais pas à croire qu'elle fût morte. J'étudiai la finesse de ses traits, ses lèvres minces, son front bombé où un épi faisait jaillir ses cheveux comme l'eau d'une fontaine. Je regardai ses mains, petites, carrées et volontaires. Il me sembla que la gauche était striée de peinture. Elle portait un jean et un tablier. Un foulard retenait la masse de ses cheveux.

Un bruit me fit tressaillir. Une femme d'une cinquantaine d'années et Garance se tenaient sur le pas de la porte. Je reposai le cadre hâtivement comme un enfant pris en faute. Mme Delambre s'avança et me serra la main. Ses cheveux blonds parsemés de gris retombaient sur sa nuque en un mouvement souple. Son visage était marqué, son sourire las. Je la trouvai belle et digne.

– C'est notre dernière photo de Constance, fit-elle en montrant le cadre que j'avais remis sur la cheminée.

Elle m'invita à m'asseoir sur un des canapés. Mère et fille prirent place en face de moi. Un chat tigré et pansu, aux yeux pénétrants, vint se nicher contre les jambes de Garance. Il ronronnait tandis qu'elle lui caressait la tête. Il ne me quittait pas du regard.

Ma gorge était sèche. Impossible d'ouvrir la bouche, de prononcer un mot ! Comment avais-je eu l'audace de venir jusqu'ici ? Qu'est-ce que j'allais bien pouvoir dire à cette mère, à cette sœur qui me contemplaient avec une bienveillance polie ?

Mme Delambre se mit à me parler d'une voix grave et douce.

– Garance m'a dit que vous étiez un ami de Constance… Vous n'étiez pas au courant de son décès ?

– J'étais à l'étranger… En voyage… En Italie…

Le regard de Garance s'illumina.

– En Italie ?

– Oui, en Toscane.

– Vous avez connu ma sœur à Florence, j'imagine ?

Je saisis cette perche inespérée.

– Oui, oui, c'est ça… À Florence.

– Pendant qu'elle y habitait, alors ?

– Oui…

– Et que faites-vous, monsieur… ? hésita Mme Delambre.

– Boutard, m'empressai-je de répondre. Je travaille dans l'informatique.

– Ah, fit Mme Delambre, l'air perplexe. Allez-vous souvent à Florence pour votre métier ?

127

– Non, avouai-je. J'ai des amis là-bas, des amis chers. Un couple d'Anglais qui vivent en dehors de la ville. Je vais souvent les voir. Ils sont charmants.

Je parlais trop vite. Mon visage devait être rouge ; je le devinais à la chaleur cuisante de mes joues.

– Désirez-vous boire quelque chose, monsieur Boutard ? demanda Mme Delambre.

– Avec plaisir.

– Une limonade, un jus de fruits, du vin blanc ?

– Un jus de fruits serait parfait.

Elle se leva, sortit de la pièce. Le chat et Garance continuèrent à me regarder en silence. Puis j'entendis le bruit de la grille, des pas lourds sur les marches du perron.

– C'est papa qui rentre, murmura Garance.

Un homme à la chevelure grise fit son entrée dans le salon. Il me toisa avec surprise, questionna sa fille du regard.

– C'est un ami de Constance, chuchota-t-elle. Il est venu nous rendre visite. Il ignorait qu'elle était morte.

– Oui, j'ai vu sa voiture. Vous venez de Paris, monsieur ?

– C'est cela, bégayai-je.

Nous nous serrâmes la main. M. Delambre resta debout à me regarder. Je n'osai plus me rasseoir.

– M. Boutard a connu Constance à Florence.

M. Delambre hocha la tête, puis alluma une pipe. Son épouse vint vers nous avec un plateau chargé de verres et de bouteilles. Il l'aida à le poser sur la table basse. Nous nous assîmes. Mme Delambre remplit les verres, puis nous les tendit. Un silence lourd s'installa.

– Un an que nous avons perdu notre fille, murmura enfin Mme Delambre. Cela fait plaisir de voir un de ses amis. Elle en avait beaucoup. Vous connaissez peut-être Cécile ? David ? Amélie ?

Elle me cita d'autres noms, dont certains avaient une résonance italienne. Je secouai la tête, honteux. Je me doutais qu'elle tentait de tisser un lien entre sa fille disparue et un informaticien qui ne fréquentait pas sa « bande » d'amis.

C'est à ce moment-là que j'aurais dû broder, inventer une rencontre, une amitié, l'échange de quelques lettres… Mais je n'étais pas doué pour ce genre de choses. Je ne pus que rester muet, l'œil peureux, les mâchoires serrées. M. Delambre me posa question sur question.

– Constance vous a rencontré par le biais de son travail ?

Qu'aurait pu être la profession de Constance ? Certainement rien à voir avec l'informatique. Mais, après tout, n'aurais-je pas pu la conseiller sur l'achat d'un ordinateur personnel, d'un logiciel ? Lorsque j'émis cette suggestion, je compris à l'étonnement général que j'avais fait fausse route.

– Constance ? Un ordinateur ? murmura Mme Delambre. Elle n'en avait pas. Elle détestait cela.

– Quand vous avez connu notre fille, embraya M. Delambre d'une voix de plus en plus glaciale, habitait-elle avec Giovanna, ou avait-elle déjà son appartement près du Ponte Vecchio ?

– Je ne m'en souviens plus très bien…

– Vous avez dû rencontrer Lorenzo ?

– Lorenzo ? Peut-être bien.

– Constance a dû vous parler de lui.

– Certainement... hésitai-je, le visage brûlant comme sous l'effet d'un coup de soleil. Mais je ne me rappelle pas avoir entendu ce nom...

– Lorenzo était pourtant un personnage essentiel de la vie de notre fille. Elle n'avait que ce nom-là à la bouche, pendant son séjour à Florence. Et même après son départ, il est resté quelqu'un de très présent.

J'avalai à la hâte une gorgée de jus de fruits. Le verre s'entrechoqua sur mes dents. Je tremblais de panique. Je posai le verre, coinçai mes mains sous mes cuisses. Il fallait me ressaisir, improviser, me décontracter !

Le maître de maison dardait un œil sceptique sur moi. Je me redressai avec l'impression de passer un grand oral devant un jury réputé pour son intransigeance. D'une voix mal assurée, je me lançai :

– Constance et moi avions une amitié particulière. Elle m'a aidé, d'une façon... tout à fait surprenante... Je lui dois beaucoup. J'ai tant appris, grâce à elle... C'était quelqu'un de formidable...

Je m'interrompis souvent, en cherchant à donner un semblant de vérité à mes paroles. De temps en temps, je glissais dans mon récit incohérent une phrase comme : « Je savais qu'elle logeait rue Lepic. Au numéro 27. » Ou bien : « Nous avions fêté son anniversaire, le 3 janvier. »

Partagé entre la stupeur et la méfiance, M. Delambre se tut en fumant sa pipe. Le chat vint s'asseoir à mes pieds. Il frotta sa tête contre mon mollet. Je lui caressai le menton. Il ferma les yeux de plaisir.

– Surprenant ! s'exclama Garance. Il est très sauvage. C'était le chat de Constance. Il s'appelle Mazzocchio.

Son père me regardait toujours du coin de l'œil, soupçonneux.

– Encore un jus de fruits, monsieur Boutard ? s'enquit sa femme.

– Oui, merci.

Un autre long silence s'installa. Je m'entendais déglutir. Le tic-tac régulier d'une horloge, le bourdonnement furieux d'une mouche contre la vitre semblaient amplifiés par notre mutisme.

– Comment avez-vous appris le décès de Constance ? me demanda soudainement M. Delambre.

Une lumière inquiétante brilla dans ses prunelles. Il tentait de me désarçonner. J'essayai de réfléchir tout en arborant une expression décontractée. Puisque je ne connaissais aucun ami de Constance, comment aurais-je pu, en effet, prendre connaissance de sa mort ? Avaient-ils mis une annonce dans les journaux ?

J'eus l'impression qu'un piège se refermait sur moi. Trois paires d'yeux me fixaient sans ciller. Mon visage se vidait de sa couleur. Mes mains étaient moites. Chaque parole s'étranglait dans ma gorge. Une année entière s'écoula dans un silence glacé.

M. Delambre esquissa un sourire ironique.

– Vous ne vous en souvenez plus, monsieur Boutard ?

– C'est-à-dire…

– Que diable êtes-vous venu faire ici ?

— Bernard ! souffla son épouse. Qu'as-tu, enfin ?

M. Delambre balaya son intervention d'une main nerveuse.

— Je vois bien que vous n'êtes pas un ami de Constance. Vous connaissez son état civil, quelques bribes trouvées Dieu sait où, mais vous n'étiez pas un proche. En tous les cas, pas assez pour vous permettre de vous rendre ici, chez nous, et d'aggraver notre douleur.

Je devinai un regard humide derrière ses lunettes. Garance et sa mère semblaient gênées. Mais M. Delambre était lancé. Plus rien ne pouvait l'arrêter. Il arpenta la pièce en me prenant à partie. Les paroles de sa femme et de sa fille n'eurent aucun effet sur lui. Enfoncé dans le canapé, je laissai la honte m'envahir. Le chat, resté près de moi, chercha ma main de sa truffe humide.

— Ne vous inquiétez pas, chuchota Garance. Papa va finir par se calmer.

Elle avait raison. M. Delambre se tut enfin. Épuisé, il se rassit dans son fauteuil. Sa femme lui tendit un verre d'eau qu'il but d'une traite. Je me raclai la gorge.

— Je vais vous laisser…

Je me levai, mais Mme Delambre me fit signe de me rasseoir. Il y avait quelque chose de triste dans son regard. Elle ne disait rien, un peu confuse, les joues pâles. M. Delambre se taisait toujours, tirait sur sa pipe avec nervosité. J'avais honte de leur cacher la vérité. Après tout, ils n'étaient que des parents désarmés, inconsolables après la mort de leur fille.

— Je ne vous ai pas dit la vérité.

Ma voix était claire. Je ne bredouillais plus. Il fallait leur avouer, maintenant, ne plus mentir.

– Je n'ai jamais connu Constance.

– Ah ! explosa M. Delambre. Qu'est-ce que je disais !

J'attendis qu'il se calme.

– Votre fille est bien plus qu'une amie. Elle m'a sauvé la vie.

– Comment cela ? bougonna-t-il.

– Tais-toi ! cria son épouse. Laisse M. Boutard nous expliquer.

Il n'y avait qu'une seule chose à faire. Je déboutonnai ma chemise. Apparut la longue cicatrice qui hachurait mon torse comme un signe cabalistique. Ils m'observèrent, stupéfaits.

– L'année dernière, j'ai failli mourir. J'étais atteint d'une maladie cardiaque incurable. On m'a greffé un cœur, dans la nuit du 13 août. Ce cœur, c'est celui de Constance. C'est le cœur de votre fille qui me permet d'être en vie aujourd'hui.

Ils ne bougeaient plus. Les secondes s'écoulaient avec la paresse d'une mélasse qui s'échappe d'un pot renversé.

Mme Delambre se leva, le teint blafard. Elle s'approcha de moi. Elle me dépassait presque d'une tête.

Sans dire un mot, elle posa la main sur ma poitrine dénudée. Ses yeux cherchaient les miens, remplis de larmes.

– Mon Dieu ! murmura-t-elle. Je sens son cœur qui bat.

M. Delambre, les traits défaits, restait assis.

– Je voudrais écouter le cœur de Constance, dit Mme Delambre.

Elle cala son oreille contre mon torse. Un parfum de lavande citronnée émanait de ses mèches argentées. À son tour, Garance voulut entendre battre le cœur de sa sœur.

M. Delambre se leva et sortit de la pièce, tandis qu'elle posait la tête sur ma poitrine.

Garance faisait tourner une épaisse bague d'argent sur son annulaire droit. Du café qui nous abritait, nous regardions passer le flot du trafic le long du boulevard Montparnasse. Il pleuvait, et les gens se hâtaient, la tête rentrée dans les épaules. Garance travaillait dans une agence de voyages, rue de Rennes. Elle m'avait téléphoné le lendemain de ma visite à Bussy. Elle désirait me revoir, et nous nous retrouvâmes pour déjeuner.

Grâce aux réponses que me fournissait sa sœur, j'allais parvenir à reconstruire le puzzle de la vie de Constance Delambre. Elle était gauchère, me confirma Garance, elle aimait l'Italie, et quant à l'annonce de son métier, elle ne me surprit pas : la jeune femme était restauratrice de tableaux anciens, avec une prédilection pour les œuvres de Paolo Ucello.

– Avait-elle une couleur préférée ? demandai-je.

– Le rouge garance.

– Garance ?

– Comme mon prénom. C'est un rouge assez foncé. Exactement celui que vous portez.

Je voulais qu'elle me parle encore de sa sœur. Mais j'eus peur de raviver d'anciennes souffrances. Elle dut sentir ma curiosité, car elle me raconta la vie de Constance avec simplicité et tristesse.

– Il n'y avait pas plus passionné, plus têtu, plus explosif que Constance. Tout la touchait, l'intriguait, l'amusait. Elle était surtout très drôle. Les gens drôles, c'est rare. Qu'est-ce qu'on a pu rire, avec ma sœur ! Si vous saviez…

Le regard de Garance s'embua. Puis elle se ressaisit.

– Mais Constance avait aussi ses défauts, bien sûr ! Elle était maniaque et ne supportait pas le désordre. C'était impeccable chez elle. Moi, je suis désordonnée, et Constance me l'a souvent reproché. Et puis, elle pensait toujours avoir raison ; elle vous coupait la parole ; elle voulait à tout prix avoir le dernier mot. Cependant, elle semblait s'être calmée depuis son retour de Florence, peu avant sa mort. Elle était devenue étrangement patiente et douce. Elle ne me disait pas tout. Je me suis souvent demandé pourquoi.

Étais-je au courant des circonstances de l'accident de sa sœur ? Non, lui dis-je. Constance venait de quitter Florence et s'était installée à Paris à nouveau, m'expliqua-t-elle. Elle avait réussi à se libérer pour un long week-end afin de passer quelques jours avec sa famille. Fatiguée, elle n'aurait pas dû prendre la route ce soir-là.

Jamais Garance n'oublierait cette nuit d'été, le téléphone qui sonna en pleine nuit, le visage hagard de sa mère lorsqu'elle vint la réveiller : « Constance a eu un accident. Vite, il faut y aller. » Une fois arrivés à l'hôpital, les gens pleuraient, d'autres, hébétés, ne disaient rien. Le carambolage avait fait huit morts, des dizaines de blessés.

– Nous avons demandé à voir Constance. Nous n'avions pas encore compris qu'elle était morte. Un médecin nous a annoncé la nouvelle, le plus doucement possible. J'ai cru que ma mère allait s'évanouir. Constance morte ! Son rayon de soleil… C'était impossible. Impossible… Le médecin nous a laissés seuls avec elle. Puis il nous a montré une petite carte au nom de Constance. C'était une « carte de donneur ». On y lisait la phrase suivante : « Je décide qu'après ma mort tout prélèvement d'organes et de tissus peut être effectué en vue d'une greffe. » Le médecin nous a expliqué que Constance portait cette carte sur elle avec ses papiers d'identité. Mais si la carte témoignait de la volonté de Constance, c'était à nous, sa famille, de donner le dernier accord. Mes parents n'ont pas hésité. Le médecin leur a précisé que le prélèvement serait effectué dans le plus grand respect de Constance, que son corps nous serait rendu intact. Il nous a appris que c'était son cœur qu'on allait prélever.

Garance se tut. Elle était pâle. Mais elle parvint à me sourire.

– J'ai toujours cru que le cœur de Constance serait greffé à une femme.

– Et moi j'étais persuadé d'avoir reçu le cœur d'un homme !

– Comment avez-vous fait pour nous retrouver ? On nous a dit qu'un don d'organe était anonyme.

Je lui expliquai.

– Vous avez fait quelque chose d'interdit, alors ?

– En quelque sorte. Mais c'était important pour moi.

– Pourquoi ?

Je lui racontai d'une traite tout ce que je n'avais pu dire à Joséphine. Je vis ses yeux s'écarquiller, sa bouche s'entrouvrir. À la fin, elle semblait éberluée.

– Ce qui vous arrive est extraordinaire, fit-elle. Je n'imaginais pas que c'était possible.

– Moi non plus.

– En avez-vous parlé avec votre médecin ?

– Oui. Il m'a suggéré de faire appel à un psychiatre.

Elle me sourit à nouveau. Comme elle était jolie !

– J'ai les clefs de l'appartement de Constance, rue Lepic. J'y vais, de temps en temps. J'y passe une heure, ou une nuit, je regarde les quelques affaires qu'on n'a pas eu le cœur de jeter : ses pinceaux, ses tubes de couleur, ses livres. Si vous voulez, nous pouvons y aller.

L'appartement de Constance était situé sous les combles d'un immeuble noiraud à la façade fendillée. Il fallait monter six étages d'un escalier raide, et j'imaginais Constance grimpant les marches quatre à quatre de ses grandes jambes sans jamais être essoufflée. Une entrée biscornue donnait sur un grand salon clair d'où l'on apercevait les toits de Paris par quatre lucarnes octogonales, constellées de gouttes de pluie. Une chambre blanche et mansardée se cachait derrière une porte arrondie.

– Voici l'endroit où elle travaillait, dit Garance en ouvrant une autre porte. Nous avons voulu le laisser tel quel.

L'odeur familière de térébenthine m'assaillit. Nous nous trouvâmes dans un atelier encombré de livres, de revues d'art, de journaux, avec des étagères couvertes de tubes de peinture et de pinceaux, de solvants, d'instruments d'ébénisterie et d'outils en tout genre.

Garance me montra une lampe sur un trépied. C'était à l'aide de cette lumière ultraviolette que sa sœur décelait les retouches postérieures à la création d'un tableau.

Dans un coin, je remarquai une minichaîne stéréo et des disques compacts. Constance aimait le jazz et le blues. Sur les murs, des posters, photographies, diplômes encadrés et quelques tableaux anciens.

Garance parlait du métier de sa sœur, tandis que je regardais les petits pâtés de peinture disposés sur une palette, les tubes de couleur aux noms exotiques – carmin d'alizarine, bleu de Prusse, laque de garance cramoisie, violet de Mars, vert Aubusson…

Diplômée depuis peu, Constance s'était fait une réputation grandissante parmi les restaurateurs les plus sollicités par les antiquaires et les musées. On appréciait le sérieux de son travail. Méthodique et prudente, elle prenait peu de risques et traitait une œuvre avec le plus grand respect.

Contrairement à d'autres confrères plus audacieux, elle se référait toujours à l'original, n'oubliait jamais que la remise en état d'un tableau ancien était une tâche périlleuse qui risquait à tout instant d'en détériorer la beauté.

Pendant deux ans, elle fit partie d'une équipe de restaurateurs des plus prestigieuses de Florence, avec pour mission de remédier aux ravages du temps infligés à un célèbre tableau de Paolo Ucello, *La Bataille de San Romano*.

– Je dois retourner au bureau, dit Garance. Restez donc un peu. Je vous laisse les clefs, vous me les ramènerez ! À bientôt !

Elle s'en alla. Un sentiment étrange me gagna. J'étais là, dans l'endroit où cette femme avait vécu, travaillé, dans ces pièces demeurées intactes, encore imprégnées d'elle, alors qu'elle était morte, transmuée en poussière, en terre, en cendres, son corps entier avalé par le macrocosme. Pourtant son cœur battait toujours. En moi.

J'ouvris une penderie. Elle était presque vide, à part quelques pulls et une paire de chaussures de tennis. Étaient-ce ses affaires ? Ou celles de sa sœur, qui venait de temps en temps ? Un des pulls était « rouge garance », maculé aux manches de taches de peinture. Le sien, sans aucun doute. J'enfouis mon visage dans la laine rêche. Un peu de poussière me fit éternuer, mais subsistait encore à l'encolure une odeur fleurie.

La salle de bains était vide, la cuisine aussi. Cela sentait le renfermé. Je retournai au salon, essayai d'imaginer Constance assise dans le canapé, bavardant au téléphone avec sa sœur, ses amis, le chat Mazzocchio qui ronronnait sur ses genoux. Je m'aventurai dans la chambre. Un large matelas recouvert d'une couverture était posé à même le sol. Je la voyais pelotonnée dans ses draps, paupières closes, cheveux blonds emmêlés. C'était dans ce lit-là qu'elle avait dormi, rêvé, fait l'amour.

Constance était morte. Pourtant, je la devinais tout près de moi. Je m'allongeai sur le lit, fixai le plafond. Combien de fois l'avait-elle regardé comme je le faisais maintenant ? On entendait à peine la rumeur de la rue. Une lucarne m'offrait un morceau de ciel gris. La nuit, Constance avait dû contempler les étoiles.

À côté du lit, sur une table de chevet, je trouvai trois livres : *Villa triste*, par Patrick Modiano ; *Vingt-quatre heures de la vie d'une femme*, de Stefan Zweig ; *Alexis ou le traité du vain combat*, de Marguerite Yourcenar. Sur la page de garde de chacun d'entre eux, un nom tracé à l'encre noire d'une main décidée : *Constance Delambre* ; puis des dates et des lieux : *L'Ermitage, juillet 83 ; Florence, novembre 93 ; Rome, février 87.*

J'avais peu lu dans ma vie. La lecture me demandait un effort que je préférais réserver à mon travail. Mais ces trois romans m'attirèrent d'emblée, parce que Constance les avait feuilletés, parcourus, aimés.

Je commençai *Villa triste*, confortablement installé sur le lit. Le style de l'auteur (dont je n'avais jamais entendu parler, bien que la quatrième de couverture m'apprît qu'il obtint le prix Goncourt en 1978) me sembla fluide et succinct. Je découvris çà et là des phrases soulignées par Constance, des points d'exclamation ou d'interrogation dans la marge. Et j'eus l'impression qu'elle regardait par-dessus mon épaule, que son plaisir de lire était resté prisonnier de ces pages, comme ces trèfles à quatre feuilles ou roses séchés que les jeunes filles romantiques oublient dans un roman d'amour. Au fil de ma lecture, j'éprouvais une sorte de rencontre intime avec Constance.

Page 36, un paragraphe avait été souligné. Je le lus à voix haute, lentement.

« Dans sa chambre, à l'Hermitage, la fenêtre était entrouverte et j'entendais le claquement régulier des

balles de tennis, les exclamations lointaines des joueurs.
S'il existait encore de gentils et rassurants imbéciles en
tenue blanche pour lancer des balles par-dessus un filet,
cela voulait dire que la terre continuait de tourner et
que nous avions quelques heures de répit.

« *Sa peau était semée de très légères taches de rous-*
seur. On se battait en Algérie, paraît-il. »

Je fus ému que les yeux de Constance, avant les
miens, se fussent posés sur ces mêmes mots, ces mêmes
phrases. D'après la date qui figurait sur la feuille de
garde, Constance lut ce roman à seize ans.

Je l'imaginai dans le jardin ombragé de « L'Ermitage », un chapeau de paille sur la tête, en train de se
délecter de Modiano. Un stylo à la main, heureuse,
insouciante, Constance avait dû souligner les phrases
qu'elle aimait. Treize ans plus tard, je vibrais à mon
tour des mots qu'elle avait marqués d'un trait.

Et moi, en juillet 83, que faisais-je ? Où étais-je ? Et
ma famille ? Mon fils avait cinq ans. À cette époque
de l'année, il devait être à Dinard, en vacances avec
sa mère. Je passais les week-ends avec eux et je repar-
tais travailler à Paris, heureux de retrouver ma liberté.
Élisabeth était maussade, les vendredis soir, en venant
me chercher à la gare. Mes infidélités estivales y étaient
sans doute pour quelque chose. Mais c'était une mater
dolorosa que j'apercevais les dimanches, à travers la
vitre du train qui me ramenait à Paris. Comme tout
cela me semblait loin…

Mes paupières s'alourdirent et je sentis le sommeil
m'envahir. Je renonçai à la lecture de *Villa triste*,

143

emporté par une torpeur à laquelle je n'opposai aucune résistance.

Lorsque je me redressai sur le lit, il faisait nuit. Une clarté diffuse filtrait par la lucarne. Combien de temps m'étais-je assoupi ainsi ? Quelle heure pouvait-il bien être ? À tâtons, je me dirigeai vers le salon. J'allumai une lampe sur la table basse.

Vingt-deux heures. J'avais dormi sept heures d'affilée ! Je m'affalai dans un fauteuil, somnolent encore, comme en proie à un décalage horaire. Ma tête me faisait mal, mon ventre criait famine. Joséphine devait s'inquiéter, se demander où j'étais passé. Je ne lui avais toujours pas parlé de Constance Delambre. Il était peut-être temps, à présent. Je saisis le combiné de téléphone pour l'appeler. Aucune tonalité.

Je décidai de rester, le temps que s'atténue mon mal de tête. Peut-être le fantôme de Constance allait-il m'apparaître ? Je le verrais se dessiner devant moi, là, dans l'embrasure de la porte ; une longue silhouette en filigrane, évanescente, le sourire éthéré. Je me secouai. Je ne croyais pas aux fantômes.

N'était-il pas temps de partir, de retrouver Joséphine ? Mais une force inexplicable me retenait encore ; la certitude qu'il y avait dans cet appartement une chose que je devais retrouver. Je fermai les yeux. Le silence devint si pesant que j'eus envie de le briser d'un cri fou. Je ne sais combien de temps je restai debout au milieu du salon, les yeux clos, les poings crispés, le souffle court. Mon cœur battait comme un métronome donnant la mesure.

Il me semblait que je voyais Constance penchée sur moi, ses yeux, l'éclat doré de sa chevelure. Elle souriait de mes efforts, m'encourageait comme un maître exhorte un élève appliqué ; elle riait, devinai-je sans l'entendre, de ce rire délicieux que m'avait décrit sa sœur.

Qu'y avait-il dans cet appartement ? Qu'aurait pu y cacher Constance ? Quelque chose que personne n'avait cherché, et qui dormait ici depuis sa mort, à portée de main.

Des lettres ! J'en étais sûr, à présent, même si j'étais incapable de m'en expliquer la raison. Constance les avait dissimulées dans l'une de ces trois pièces. À moi de les retrouver. J'avais toute la nuit devant moi.

Ainsi débuta un curieux échange spirituel. C'était comme un jeu, une partie de cache-cache avec Constance. J'interrogeai mon cœur. Où aurait-il mis ces lettres, afin que personne ne les trouve ?

Je fermai les yeux à nouveau, repris une attitude contractée, les dents serrées, le cou raide. Mais à part des crampes dans le dos, il ne se passa rien. N'avais-je pas l'air ridicule ? Découragé, je confiai au canapé mes lombaires douloureuses.

Je devais me tromper. Peut-être cette histoire de lettres n'était-elle due qu'à la fatigue, qu'à mon imagination fertile. Je me levai pour partir. La conviction que les lettres se trouvaient tout près de moi m'empêcha de franchir la porte. J'essayai de réfléchir, mais mon cerveau semblait vidé. Mes pensées tournaient en rond comme un hamster dans sa roue.

Les minutes passèrent, interminables. Je désirais que l'esprit de Constance tombât sur moi comme la foudre sur un clocher, qu'il m'enflamme, qu'il m'électrise, qu'il m'attise, mais je ne parvenais pas à le capter, à le séduire, à l'apprivoiser ; et il s'éloignait comme un oiseau de nuit aux mouvements d'ailes imperceptibles. En un ultime effort, je me décontractai, sentis les derniers bastions de résistance se dérober.

J'étais paré. J'étais un corps muni du cœur d'une autre. Et j'attendais que cet être sans corps vînt s'insinuer dans son cœur.

Il me semblait qu'on réagissait à mes appels. Quelque chose prenait forme : une réponse nébuleuse, lointaine ; un souffle ténu qui aurait pu passer inaperçu si je n'avais été si concentré.

Une harmonie s'installa comme un accord parfait, délogea le silence avec la chaleur bourdonnante d'une vibration musicale.

La complicité née de ce cœur partagé oscilla comme la flamme d'une bougie. D'une minute à l'autre, elle allait s'éteindre, soufflée par un courant d'air.

En une fraction de seconde, la réponse m'apparut, nette et précise, comme une image projetée sur un écran.

Les lettres se trouvaient sous la moquette de la chambre, dans l'encoignure près de la fenêtre.

Je me levai avec difficulté, les jambes coupées, le souffle court. Je marchai péniblement jusqu'à la chambre, comme un vieillard privé de sa canne ne sait plus mettre un pied devant l'autre.

Je me traînai vers la fenêtre, les mains tremblantes. Dans un coin, la moquette était décollée. Je la tirai vers moi.

Elles étaient là, couvertes d'une fine couche de poussière.

Tout d'abord, je n'osai pas y toucher. N'allais-je pas commettre un sacrilège ?

Puis ma main s'avança d'elle-même. Il y avait une dizaine de feuillets, retenus par un ruban. Je les glissai dans ma poche, le plus délicatement possible.

Il ne me restait plus qu'à m'en aller.

Rue de Charenton, je trouvai un message de Joséphine sur mon répondeur. Sa voix semblait tendue. Où étais-je ? Pourquoi ne lui avais-je pas donné de nouvelles ? Il était minuit, trop tard pour lui téléphoner. Elle devait dormir.

Je posai le paquet de lettres sur la table. Avais-je le droit de les lire ? Ne fallait-il pas les remettre à Garance, ou à ses parents ? J'aurais pu les glisser dans une enveloppe, les poster à « L'Ermitage », sans rien connaître de leur contenu. Mais si Constance les avait si soigneusement cachées, c'est qu'elles n'étaient pas destinées à être lues, ni par ses parents ni par sa sœur. Je ne devais pas les leur envoyer. Mais les lire ?

Ma curiosité l'emporta. Je pris les lettres d'une main mal assurée. La première n'était pas datée. Je reconnus l'écriture. Celle de Constance.

Je n'ai pas encore décidé si j'allais avoir le courage de vous poster cette lettre. En tout cas, il me faut vous l'écrire, rien que pour me libérer du poids qui pèse sur mon cœur.

Devoir vous côtoyer jour après jour est un enfer. Mais je ne vis que pour ces moments-là. Travailler sans relâche n'est pas difficile. Ce qui l'est, c'est cette proximité : vous frôler alors que nous nous penchons sur une toile, sentir votre souffle sur moi, masquer mes sentiments, feindre l'indifférence.

Je vous hais parfois pour l'emprise que vous avez sur moi. Depuis notre rencontre, je vis dans la tourmente. Je ne vois que vous. Je ne pense qu'à vous. C'est une obsession. Je vous donne mon énergie, ma foi, mon enthousiasme, et je suis comme vidée de l'intérieur. Et je me déteste, je me méprise, car vous m'êtes interdit. Je n'ai pas le droit de vous aimer. Cependant, je n'aimerai toujours que vous. Vous êtes celui qui me fait avancer, qui me fait donner le meilleur de moi-même.

Tout cela, vous l'ignorez. Vous n'en avez pas la moindre idée. Vous avez votre vie, votre femme, vos enfants, votre métier, vos passions, votre talent. Vous avez la maturité, l'expérience, la lucidité, tout ce qui me manque. Ma jeunesse, ma naïveté, mes faux pas ne vont pas vous toucher.

C'est pour cela que je dois rester dans l'ombre, ne jamais m'aventurer dans la lumière.

Un trouble me saisit. Elle avait tracé ces mots dans un moment de solitude, de désespoir. Puisque la lettre était là, entre mes mains, elle ne l'avait pas envoyée à son destinataire. Personne ne l'avait lue. Et à présent, c'était moi qui fouillais d'un regard indiscret son intimité, qui dévoilais de mes mains de voleur sa passion secrète.

Honteux mais intrigué, je lus la seconde lettre.

Encore un billet doux que je n'aurai pas le courage de vous envoyer. Je vous ai vu, hier soir, dans un restaurant avec votre femme : la quarantaine, brune, italienne, élégante, elle est tout le contraire de moi. Elle vous a donné deux enfants. Elle porte votre nom.

Je ne suis pour vous qu'une collaboratrice de plus, un de ces jeunes dont vous savez vous entourer. C'est votre côté pédagogue : vous aimez apprendre, guider, transmettre. Vous nous triez sur le volet. Vous nous faites passer des tests, des examens, pour voir ce dont nous sommes capables, si nous sommes dignes de travailler avec vous. N'importe quel jeune restaurateur ne rentre pas si facilement dans votre équipe.

Je voulais vous dire que cet après-midi, il m'a semblé que vous m'aviez regardée d'une façon nouvelle. Comme si vous le faisiez pour la première fois. Pourtant, cela fait plusieurs mois que je travaille ici avec vous.

Qu'avez-vous vu ?

J'ai senti vos yeux sur moi et je me suis troublée. Vous le saviez, car un petit sourire est venu courber vos lèvres.

Mais vous ne pouvez pas deviner que je vous aime.

L'amour que j'éprouve pour vous est un amour solitaire et secret. Personne n'en saura jamais rien.

Qui était cet homme? La troisième lettre de Constance m'apporta la réponse.

Lorenzo… Lorenzo… Il ne m'est pas interdit d'écrire votre nom. Lorenzo Valombra. Un nom de conte, un nom de prince charmant, souriant, blond et bête comme ses pieds. Vous n'avez rien d'un prince charmant. Vous, vous êtes brun aux yeux sombres, barbu, toujours vêtu de noir, peu souriant, grand et sec comme un arbre sans feuilles, parfois rusé comme un renard.

Je connais tout de vous. Vous êtes né sous le signe du Scorpion, un 14 novembre, à Florence, fils aîné et héritier de l'illustre famille Valombra, propriétaire d'un des plus beaux palais de la ville, mécène, grand collectionneur, homme de lettres, diplômé de l'université de Cambridge (d'où votre anglais parfait), poète à vos heures, directeur de plusieurs comités pour la sauvegarde du patrimoine florentin, admirateur éperdu et restaurateur attentif des rares œuvres de Paolo Ucello, marié à Chiara Scoretti, d'une riche famille milanaise, père de Giulia et de Lodovico. Vous portez, en guise d'alliance, un anneau de bronze d'époque romaine, datant du Ve siècle, usé par la patine du temps. Malgré le sang bleu qui coule dans vos veines, vous avez des mains de paysan, trapues, épaisses et puissantes. Vous êtes un homme froid et fermé.

En apparence.

La quatrième lettre très courte, avait été froissée, presque déchirée. J'eus beaucoup de mal à la déchiffrer.

Lorenzo,

Je vous en supplie, cessez de jouer avec moi. Je ne peux pas venir ce soir. C'est impossible.

Pardonnez-moi.

Une fois encore, la lettre n'avait pas été expédiée. Constance s'était-elle rendue à ce rendez-vous mystérieux ? Je saisis la lettre suivante. Mes yeux butèrent contre des mots inintelligibles.

Lettera a una ragazzina strana e appassionata, tenera e violenta, fiera e sottomessa; lettera a una Costanza dagli occhi di un blù azzurro, che si concede e si ritira come la marea.

C'était une écriture serrée, penchée vers la droite, qui couvrait plusieurs feuilles. Trois lettres dont je fis le compte, frustré de ne pouvoir connaître la suite. Trois lettres signées d'un « L » aux boucles acérées comme des lames.

Ainsi, Lorenzo Valombra avait répondu à Constance. Mais que lui avait-il écrit ? me demandai-je en parcourant encore et encore ces pages noircies de mots chantants. Qui parlait italien dans mon entourage ? Qui pouvait me traduire ces lettres sans me poser de questions indiscrètes ?

On sonna à la porte alors que j'arpentais le salon de long en large. Il était une heure du matin. J'ouvris, un peu anxieux.

C'était Joséphine, les traits tirés, le teint pâle.

– Tu es là ! J'étais si inquiète…

152

Elle s'engouffra dans l'entrée, ôta sa veste et me lança un regard chargé de reproches. Je lui fis des excuses molles qu'elle accepta du bout des lèvres. Elle avait remarqué les lettres que je tenais à la main et qu'instinctivement je protégeai de ses yeux derrière mon dos. Mon attitude lui sembla bizarre. Elle me questionna. Je me renfrognai.

Aussi changea-t-elle de tactique. Elle me raconta sa journée, installée à côté de moi, en me caressant les cheveux, soudain câline et souriante. Je me laissai faire. Ne ferais-je pas mieux de lui raconter, après tout ?

— Il faut que je te parle, Joséphine.

Elle m'encouragea d'un regard tendre.

— Il s'agit de mon donneur.

Son sourire se figea.

— Ne me dis pas que tu es allé voir la famille de cette jeune femme ?

— Si !

— Mais tu es devenu fou ! glapit-elle, se mettant debout. Je t'avais pourtant mis en garde, le professeur aussi. Un don d'organe est un don anonyme, et doit le rester !

Je tentai de la calmer, en vain.

— Ces pauvres gens, hoqueta-t-elle, tu te rends compte ! Ils ont perdu leur fille, et toi, tu débarques chez eux. J'ai honte de toi…

— Laisse-moi te raconter… t'expliquer…

— Je ne veux rien savoir.

Elle retomba sur le canapé, prostrée. Ses yeux s'attardèrent sur le paquet de lettres que j'y avais laissé.

– Qu'est-ce que c'est que ça ? fit-elle, le visage impassible, en saisissant celle qui était signée « Constance » avant que je puisse l'intercepter.

– Une lettre.

– Je vois bien, merci, fit-elle froidement. J'imagine que ces lettres sont de Constance Delambre ? Qui te les a données ?

Je n'eus pas le courage de lui mentir.

– Je les ai trouvées chez elle.

– Tu les as volées ?

– Non. Elles étaient cachées.

– Tu as fouillé partout ?

– Pas du tout. Je savais qu'elles étaient là.

Joséphine me toisa d'un regard sardonique :

– Une sorte de voix céleste t'a guidé ?

– Oui.

Elle se leva, les traits altérés par la colère.

– Tu vas rendre ces lettres à la famille de Constance Delambre. Dès demain.

– Impossible.

– Pourquoi ?

– Elles sont secrètes. Intimes. Personnelles.

– Pourquoi est-ce que Bruce Boutard aurait le droit de lire ces lettres intimes et secrètes ?

Il y eut un petit silence.

– Parce que j'ai son cœur.

Joséphine éclata de rire. Je m'efforçai de rester calme :

– Je vais tout t'expliquer. Tu vas comprendre. Assieds-toi, écoute-moi. C'est une longue histoire. J'aurais dû t'en parler plus tôt.

Joséphine se pencha vers moi.

– Non, c'est toi qui vas m'écouter. Tu as perdu la tête. Il faut te faire soigner avant qu'il ne soit trop tard et que tu deviennes fou. Je vais dès demain matin te prendre un rendez-vous avec le Dr Pinel.

– Mais je ne suis pas fou ! Écoute-moi, enfin !

J'eus très faim, tout à coup. Je n'avais rien mangé depuis des heures.

– Tu as mauvaise mine, remarqua-t-elle d'une voix plus douce. Tu sembles fatigué, ne devrais-tu pas te coucher ? Nous reparlerons de tout cela demain matin.

– Je veux te parler. Maintenant !

– Allez, viens te coucher, dit-elle d'un ton maternel, comme si elle s'adressait à un petit garçon excité. Tu dois te reposer.

L'énervement monta en moi avec la puissance de la lave dans un volcan endormi. Je grondai de hargne. Cela faisait des mois que je n'avais ressenti pareille colère.

Joséphine recula d'un pas.

– Tu me fais peur… fit-elle.

L'ancien Boutard, le grincheux, l'acariâtre, l'agité, celui qui ne s'était pas manifesté depuis longtemps, reprit le dessus. Ma fureur explosa. Je postillonnai de rage, lui dis que je désirais être seul. Elle n'avait qu'à décamper si elle ne voulait pas m'écouter, et elle n'avait ni à me traiter de fou, ni à se mêler de mes affaires. Qu'elle fiche le camp !

Le visage de Josephine s'affaissa. Des sanglots s'étranglèrent dans sa gorge. Le remords me gagnait déjà. Je tentai de l'attirer vers moi d'une main maladroite, mais elle se déroba, attrapa son sac et sa veste au vol, puis s'enfuit. Je m'élançai à sa poursuite, hurlai son nom dans la cage d'escalier en m'époumonant. Trop tard. Elle s'était envolée. La voisine d'en face entrouvrit sa porte, le visage fripé de sommeil, la tête hérissée de bigoudis. Elle me fit remarquer d'un ton acerbe qu'il était deux heures du matin.

Comment avais-je pu parler à Joséphine de la sorte ? Qu'est-ce qui m'avait pris ? Hébété, je déambulais dans l'appartement. Ah, si j'avais une cigarette ! Une bière ! Un verre de rouge ! Comment lui dire que je regrettais de l'avoir fait souffrir ? Comment faire pour qu'elle me pardonne ? Fallait-il lui écrire, tout mettre sur le papier en une longue confession amoureuse ? Faire envoyer des fleurs ? Aller chez elle ? Lui apporter son petit déjeuner à sept heures ?

Je saisis mon téléphone. Je pensais tomber sur son répondeur afin d'y laisser un message de pardon, mais une voix d'homme endormi me répondit. C'était Patrick, l'étudiant qui gardait Valentine. Je ne sus quoi lui dire. Je raccrochai sans un mot, honteux.

Les lettres de Constance attirèrent mon regard. J'eus envie de les lire à nouveau. Après ma seconde lecture, ma scène avec Joséphine s'estompa. Les lettres de Lorenzo m'obsédaient. Qui allait pouvoir me les traduire ?

Me vint une idée. Je consultai les pages jaunes. Quelques minutes plus tard, j'avais trouvé le numéro dont j'avais besoin. Mais j'allais devoir patienter jusqu'au matin.

Dans la cuisine, une fois installé devant des œufs brouillés, du jambon et des toasts, je levai mon verre d'eau à un interlocuteur invisible mais omniprésent.

– À nous deux, Lorenzo Valombra !

MORINI Federico
Traducteur français-italien-anglais
13, rue Blanche, Paris 9e

M. Morini devait avoir la trentaine. Il portait un cardigan vert et un jean étroit. Il me reçut avec beaucoup de sérieux dans un petit bureau où grésillait un ordinateur. Derrière la cloison, un bébé vagissait. Je lui expliquai la raison de ma venue en lui fournissant le moins de détails possible. Il demanda à voir les lettres, les lut rapidement, imperturbable. Une lueur s'était allumée dans ses prunelles lorsqu'il me regarda.

– Ces lettres sont… comment dirais-je… très intimes…

Il prononçait « ine-time ». Je hochai la tête, décidé à ne rien lui apprendre de plus. Il les parcourut à nouveau du regard. Le bébé braillait de plus en plus fort.

– Ce n'est pas le genre de travail que je fais d'habitude, dit M. Morini. Mais j'accepte.

Je lui demandai ses tarifs. Honnêtes, me sembla-t-il. La traduction serait prête dès le lendemain matin.

Le jour suivant, une jeune femme m'ouvrit la porte. J'entendais derrière elle la voix de Federico Morini au téléphone.

158

Elle se présenta : Mme Morini. Puis elle me tendit une enveloppe. Je lui donnai en retour l'argent pour son mari. Alors que je la quittais en la remerciant, elle me dit à voix basse :

– Ces lettres sont vraiment très belles.

Puis elle s'excusa, les joues rouges.

– Pardonnez-moi, je n'étais pas censée les lire…

– Ce n'est pas grave. Au revoir, madame Morini.

Une fois dehors, j'entrouvris l'enveloppe, apercevant plusieurs feuillets dactylographiés que je brûlais de lire. Je maîtrisai difficilement mon impatience jusqu'à la rue de Charenton.

Lettre à une petite fille étrange et passionnée, tendre et violente, fière et soumise, lettre à une Constance aux yeux d'azur, qui se donne et se retire comme la marée, qui porte les rayons du soleil dans sa chevelure, et toute la profondeur du ciel dans ses prunelles.

J'ai deux fois ton âge, mais je suis comme ton enfant. Je me nourris de toi. Tu es mon élixir, ma substance, et je suis devenu cannibale. Je ne serai jamais rassasié de toi. Cette faim qui me ronge m'est inconnue. Elle m'a pris au cœur comme si on m'avait poignardé. Elle me bouleverse, me blesse aussi, en s'attaquant à moi comme une maladie. Elle s'est infiltrée dans mon système immunitaire. Mes anticorps ont été vaincus comme de pauvres soldats inutiles. Je suis malade de toi, Constance. Ma souffrance s'appelle amour. Je pensais avoir passé l'âge de cette fièvre-là.

Tu me rends ivre, je voudrais me soûler de ton parfum, m'étouffer dans tes longs cheveux, jouir dans toi, dans ta bouche, dans tes mains, dans tes reins, t'entendre crier, gémir, pleurer de plaisir, jusqu'à ce que je devienne fou de jouissance et d'amour. Tout à coup, j'ai vingt ans, je suis jeune, vigoureux, invincible. Tout à coup, je me sens revivre, comme une forêt pétrifiée par l'hiver s'ouvre à la chaleur du soleil. Tout à coup, ma vie est belle parce que tu es venue y habiter.

Je viendrai ce soir, comme convenu, dans l'endroit secret où tu m'attends. Et enfin je serai apaisé.

Déchire cette lettre en mille morceaux. Promets-le-moi.

Constance n'avait pas tenu sa promesse. La lettre suivante était datée du 17 novembre 1995.

Constance,

Tu as raison, j'ai souvent fait l'amour dans ma vie. J'ai commencé tôt. J'y ai pris goût. J'ai connu beaucoup de femmes. Tu n'es pas jalouse, et cela me surprend. J'ai longtemps cru que toutes les femmes amoureuses étaient jalouses. J'ai dû me tromper. Mon passé te passionne. Tu me poses question sur question et je suis parfois gêné de te répondre, mais tu insistes.

Quelle drôle de créature tu es ! Ce mélange de maturité et d'enfantillage, de clairvoyance et de susceptibilité, de fougue et de glace me charme autant qu'il me déconcerte.

Tu es comme une toile de notre cher Ucello, compliquée et simple à la fois. Parfois je sais tout de toi, je possède ton corps et ta tête, je lis en toi à livre ouvert, et l'instant d'après, tu m'échappes, tu es lointaine, hermétique, presque froide. Est-ce ainsi que tu te protèges ?

Ce que nous vivons depuis bientôt un an est un bonheur fou. Mais un jour, il faudra bien prendre une

161

décision. Tu devras repartir à Paris, où un autre travail t'attend. Je ne conçois pas cette ville sans toi.

Je suis faible. Ma lâcheté me navre. Avant toi, mes aventures – il y en a eu peu depuis mon mariage – se limitaient à des épisodes sans lendemain. C'était facile, superficiel et parfois ennuyeux. Je contrôlais la situation. À présent, je voudrais me laisser emporter par la fatalité, être la victime de l'ouragan qui a fait fi de moi. Mais j'ai deux enfants, et une épouse. Il faudra bien qu'elle sache que je mène une double vie. Et je redoute ce jour-là davantage que le jour de ma propre mort.

L'amour que tu me donnes par bribes, par intermittence, est un cadeau. Parfois, je me sens coupable de devoir le cacher, comme s'il s'agissait de quelque chose de honteux. Parfois, lorsque je te quitte, encore tout imprégné de ton odeur, de ta chaleur, j'ai du mal à redevenir l'homme que les autres connaissent. Je souffre de ce flottement, du réajustement de ma personnalité. Tu me redonnes une jeunesse, un élan. Et je dois faucher cet élan en plein essor, le dompter, le mutiler.

Te le dire m'est difficile. Aussi je te l'écris, sachant que c'est également un risque, que les mots tracés sur une page subsistent. Je prie pour que tu brûles toutes ces lettres, comme je détruis les tiennes, à contrecœur.

À toi, mon amour, le seul amour de ma vie,

L.

La troisième lettre datait de quelques mois avant la mort de Constance.

Mon amour,

Je t'écris de la nuit la plus noire. Je n'arrive pas à me faire à ton absence. Tu l'as voulu ainsi, et je respecte ton choix. Mais je le trouve insupportable.

Alors je m'attelle à notre grand projet, à ce tableau mystérieux qui te passionne, aux seules choses qui me lient encore à toi. J'y travaille avec l'acharnement dont tu me sais capable.

Tu n'es pas sortie de ma vie, puisque tu m'as donné une partie de toi. Lorsque la tristesse m'emporte, lorsque le manque de toi se fait trop atroce, je sais qu'il me reste ce trésor unique, le plus beau don que tu aies pu me faire.

Je ne peux que te remercier, et t'attendre. Car je t'attendrai toujours, Constance, même dans une autre vie.

L.

J'avais deux femmes, à présent, dans ma vie.

Une brune qui me faisait la gueule et une blonde qui m'avait donné son cœur.

Joséphine était rancunière. Depuis une semaine, elle n'avait pas daigné répondre à mes messages, mes lettres, mes fleurs. Valentine, que j'eus un soir au téléphone, m'avait répondu que « maman ne voulait plus me parler ».

J'étais triste, désemparé, dans cette vie sans Joséphine, solitaire et banale, comme celle d'avant. Elle continua de m'envoyer sur les roses. Quel fichu caractère ! Un jour, j'en eus assez. Tant pis pour elle. Agacé par l'entêtement de la brune, je me remis à songer à la blonde.

Le soir, au lit, je relisais les lettres. La dernière de Lorenzo m'intriguait. Quelle était l'histoire de ce « tableau mystérieux », ce « grand projet », ce « trésor unique » ? J'aurais pu en parler à Garance, lui poser des questions. Mais c'était risqué. Savait-elle que Lorenzo et sa sœur avaient été amants ?

Lorenzo Valombra détenait la clef du mystère. Il était le seul à pouvoir me répondre. Et je n'étais pas près de croiser son chemin. Ne valait-il pas mieux que je tente d'oublier cette histoire ? C'était du passé. Mettre cela derrière moi, ranger les lettres, me concentrer sur mon présent, mon futur, voilà le but que je me fixai.

Plus facile à dire qu'à faire ! Je pensais souvent à Lorenzo. C'était étrange de penser à un autre homme. Cela ne m'était jamais arrivé. Impossible de le sortir de ma tête ! Il habitait mes songes, il me hantait. L'amant de Constance. L'élu de son cœur. Et ce cœur de femme battait encore pour lui. Parfois, la nuit, dans un demi-sommeil, Lorenzo surgissait comme un aigle noir, s'immisçait sous mes paupières, et, d'un ton excédé, je grommelais : « Arrête, Constance ! Ça suffit ! Dis-lui de s'en aller… » Obéissant aux ordres de sa bien-aimée, Valombra s'effaçait dans l'obscurité pour me laisser dormir en paix. Jusqu'à sa prochaine apparition.

De façon inconsciente, je m'étais mis à lorgner tous les hommes grands, bruns et barbus que je croisais dans la rue. Lorsque mon regard en débusquait un, mon cœur s'affolait. C'était très drôle.

Jusqu'au jour où l'un d'eux, prenant mes œillades pour des avances, me suivit jusque chez moi. Dans le hall de l'immeuble, j'eus toutes les peines du monde à lui faire comprendre que je n'étais pas un « gay » en quête d'aventure.

Je remontais chaque jour chez moi avec l'espoir d'un message de Joséphine sur le répondeur. Deux semaines maintenant qu'elle me battait froid. Un après-midi, il n'y avait toujours pas de message de Joséphine, mais un autre qui me fit très plaisir.

C'était Cynthia Weatherby qui voulait prendre de mes nouvelles. Je la rappelai tôt le lendemain, sachant qu'elle était tranquille à cette heure matinale. Elle me proposa de venir passer quelques jours à Docioli. L'envie d'Italie me reprit, le désir de voir à nouveau la lumière, les paysages, le sourire de Cynthia. Et le visage de Lorenzo Valombra... J'acceptai sans hésiter.

Mathieu passait me voir chaque jour depuis ma dispute avec Joséphine. J'appréciais sa sollicitude et sa compagnie. Je lui parlai de l'invitation de Mrs Weatherby, de mon départ pour Docioli.

– Papa, fit-il, fais-moi plaisir, avant de partir, mets un mot à Joséphine...

– Elle n'a pas répondu à une seule de mes lettres.

– Fais-le quand même.

Il avait raison. Je pris une feuille, une enveloppe, un stylo, m'installai à la table.

– Qu'est-ce que je lui dis ?

– Que tu pars pour quelques jours. Que tu penses à elle. Que tu veux la revoir dès ton retour. C'est tout.

À la fin de ma lettre, je griffonnai « je t'aime ».

J'arrivai à Docioli en même temps qu'une horde d'Américaines débarquées d'un minibus. Le chewing-gum sonore, le short court, l'accent nasillard, elles brisaient le calme habituel de leurs rires aigus.

Mrs Weatherby courait dans tous les sens, échevelée, avec Francesca dans son sillage. Tout juste mariée, enceinte, la petite avait les joues écarlates et le front moite. Hotspur s'était réfugié dans sa niche, terrorisé par le bruit. On ne voyait de lui qu'une truffe tremblotante. Seul Mr Weatherby, stoïque, manifestait le flegme de ses origines devant ce déferlement d'outre-Atlantique.

Elles étaient six : Liz, Charla, Nancy, Kitty, Holly et Gigi, qui se remettaient chacune d'un divorce récent. Ensemble, elles avaient fondé une association, « The Lunch Club », à Fort Lauderdale, en Floride. Leurs économies d'un an leur avaient permis de financer ce voyage. Elles parlaient si fort que j'en avais mal aux oreilles.

Ma préférée, la platine Charla, n'avait qu'une expression à la bouche : « *Oh, my God !* » qu'elle prononçait d'une traite : *Omaïgod.* Chaque fois qu'elle la scandait, surgissait un zoo : Gigi riait comme une hyène, Liz beuglait, Nancy hennissait, et Kitty aboyait.

Elles entreprirent de nous raconter les affres de leur divorce et les événements majeurs de leur nouveau célibat pendant un dîner assourdissant où rien ne nous fut épargné. Holly était devenue frigide, Liz croyait maintenant en Dieu, Nancy s'était essayée à l'échangisme (sans grand succès) ; tandis que Charla avait perdu dix kilos, Kitty en avait pris vingt, et Gigi s'était fait gonfler les seins et retendre le ventre.

J'avais filé à l'anglaise dès la dernière bouchée de tiramisu. L'atelier de Wendy me fit l'effet d'une oasis de calme. Pas un bruit. Pas un rire. Pas un Omaïgod.

Le lendemain, je me réveillai inquiet. N'avais-je pas prévu de me rendre à Florence ce matin même au volant de la Topolino de Mrs Weatherby ? Comment diable aborder Lorenzo Valombra ? La nuit ne m'avait pas porté conseil.

Trouver le palazzo Valombra s'avéra facile. Ici, tout le monde semblait le connaître. Je découvris une forteresse médiévale d'une splendeur austère qui se dressait via Tornabuoni.

Constance, en voyant le palais pour la première fois, avait-elle été comme moi impressionnée par l'édifice majestueux ? S'était-elle tenue à distance de sa porte immense, de sa façade grise sur laquelle se détachait un écu armorié en pierre ? C'était donc là qu'avait grandi Lorenzo Valombra, héritier d'une puissante dynastie florentine, là que Constance l'avait connu et que leur amour avait mûri.

Je me postai en face du palais, les yeux rivés aux portes et aux fenêtres. Je ne vis personne entrer dans l'imposante demeure, ni en sortir.

Allais-je oser frapper à cette grande porte ; annoncer au valet qui m'ouvrirait que je désirais voir le maître de maison ? Soudain peureux, je songeai à m'en aller, puis envoyer un mot ou encore téléphoner pour prendre un rendez-vous.

Mais je désirais tout d'abord voir Valombra, savoir à quoi il ressemblait, pouvoir le reconnaître, me familiariser avec son apparence. Vers midi, enfin, une haute silhouette vêtue de noir franchit le pas de la porte. Mon cœur bondit.

Constance avait su le décrire avec justesse dans sa lettre. Barbu, mince, le regard sombre, le nez busqué, Lorenzo Valombra marchait vite, le menton fier, les sourcils froncés. Il ne devait pas sourire souvent. Je le regardai se fondre dans la ville. Je n'osai pas le suivre. Trois quarts d'heure plus tard, il était de retour, remontant la rue de son pas alerte.

C'était maintenant ou jamais, me dis-je. Je l'avais vu, il était chez lui ; il ne me restait plus qu'à frapper à sa porte. Hardi, Boutard ! De l'audace ! Du cran ! m'exhortai-je, le cœur dans la gorge, en regrettant de n'avoir préparé aucun discours.

L'épaisse porte s'ouvrit sur un laquais en livrée qui me scruta d'un regard dédaigneux.

– *Prego ?* fit-il d'une voix réfrigérante.

Ses yeux hautains étudièrent mon jean, mes chaussures de tennis, mon sweat-shirt. Il devait me prendre pour un vulgaire touriste. Je lui demandai en bégayant s'il parlait français. Il secoua la tête et me ferma la porte au nez. Épatant, Boutard ! Je frappai à nouveau. Mais le laquais, se doutant qu'il s'agissait de moi, ne daigna pas m'ouvrir. Je n'osai plus me manifester.

Après cette brillante tentative, je rentrai à Docioli, déconfit. J'avais promis à Mrs Weatherby de lui rendre sa voiture pour quatorze heures.

Le lendemain matin au petit déjeuner, je demandai à Cynthia si elle connaissait un certain Lorenzo Valombra. Et comment ! s'écria-t-elle, le regard illuminé. Il s'agissait d'un homme merveilleux, *wonderful, marvellous*. Un amoureux de la Toscane qui s'acharnait depuis vingt ans à sauver le patrimoine artistique de Florence. Il avait commencé à faire parler de lui très jeune, en créant l'un des premiers comités de sauvegarde de la ville après la dramatique inondation de 1966 qui détruisit un millier de peintures florentines et en endommagea des centaines d'autres.

So romantic ! susurra Cynthia, les mains jointes sous le menton, les yeux révulsés. *So byronesque !* J'ignorais la signification de « byronesque », mais je compris que Mrs Weatherby n'était pas insensible au charme de Lorenzo.

Son mari lui jeta un regard exaspéré. Valombra n'était qu'un fils à papa, grommela-t-il. On le voyait plus souvent faire des ronds-de-jambe à des vernissages que sauver des chefs-d'œuvre en péril. Mrs Weatherby s'empourpra et faillit s'étrangler avec son muffin. Valombra n'avait rien de snob ! Il était simple, courtois, *charming*. *Oh, yes ?* s'enquit son mari. *Charming, indeed ?* Et comment le savait-elle, qu'il était *so charming*, le sieur Valombra ?

Mrs Weatherby piqua du nez dans son Lapsang Souchong comme une gamine prise en faute. Elle l'avait souvent rencontré dans le magasin d'antiquités de Cordelia Schiano, via Maggio, avoua-t-elle. C'était un fidèle client et un grand collectionneur. Il y venait tous les jeudis voir les nouveaux arrivages. (Je dressai l'oreille. Le lendemain était un jeudi…) Cordelia aussi le trouvait *charming*. Pff ! Pauvre Cordelia ! ricana Mr Weatherby. Avec sa tête de vieille chouette…

Mr Weatherby avait tort. Cordelia n'avait pas la tête d'une vieille chouette, mais celle de la méchante des *Cent Un Dalmatiens*, Cruella de Vil. Mêmes cheveux blancs d'un côté, noirs de l'autre, même silhouette osseuse aux omoplates saillantes, jusqu'au porte-cigarette coincé entre ses dents jaunies par le tabac. Dans son magasin près du palazzo Pitti, je me présentai comme un ami de Mrs Weatherby. Elle me réserva un accueil des plus cordiaux.

L'intérieur de sa boutique me rappela le salon des Weatherby : un joyeux fouillis éclectique dans lequel seul un œil expert aurait pu faire le tri. Cruella-Cordelia eut vite fait de comprendre que mon regard novice n'était ni celui d'un antiquaire ni celui d'un collectionneur. Aussi me laissa-t-elle déambuler, tout en ponctuant mes haltes de commentaires :

– *Bellissimo, no ?* Un peu cher pour vous, peut-être. Mais utile. Ce que c'est ? Une chaise percée. C'est comme ça que nos ancêtres faisaient leurs besoins…

Une demi-heure passa. À la clientèle habituelle de Mme Schiano s'ajoutaient les touristes du palazzo Pitti, caméra en bandoulière et plan du quartier en main, qui, trop contents d'avoir enfin trouvé un peu d'ombre et de fraîcheur, se parquaient comme du bétail dans son magasin, sans rien oser toucher.

Allais-je attendre encore longtemps ? Déjà, Cruella Schiano me jetait des regards curieux. Cela faisait une heure que je tournais en rond. Elle ne trouvait plus rien à me dire. « Il passe tous les jeudis, entre onze heures et midi », m'avait chuchoté Mrs Weatherby. « Les jeudis, Cordelia met sa plus jolie robe… »

Il était midi. Elle jeta un coup d'œil dans une glace, rectifia sa coiffure, apposa une nouvelle couche de rouge à lèvres. C'était bon signe.

À midi deux, la haute silhouette noire franchit le seuil de la boutique, écarta d'un geste fluide trois touristes bovins, contourna un expert, un autre anti-quaire, et moi-même, pour venir serrer la main de Mme Schiano qui se pâmait de bonheur.

– Lorenzo… *caro…* fit-elle d'une voix plus basse de deux octaves.

De lui, je ne voyais que le dos. Mais sa longue échine droite, ses épaules larges, ses cheveux noirs, sa nuque à la peau mate firent cogner mon cœur aussi fort que la Grosse Bertha. Paolo Ucello pouvait aller ranger ses *Batailles*, car sur l'échelle de Richter des émotions de Constance, le dix semblait atteint.

Pas tout à fait. Le son de sa voix – grave, mélodieuse, sensuelle – m'acheva. La chaise percée me tendit gentiment son assise trouée. Impossible de me laisser choir là… Pas un sofa en vue, pas un tabouret… Je n'allais tout de même pas m'évanouir dans un magasin devant l'amant de mon donneur !

Comment dompter ce cœur ? Comment lui parler ? Comme à un chien désobéissant : « Hé là, Médor, au pied ! Pas bouger ! » Comme à un enfant turbulent qu'on menace d'une fessée ? Je pensais au professeur Berger-Le Goff, à sa sagesse, sa pondération. Qu'aurait-il dit s'il avait pu m'examiner à l'instant même ; si, muni d'un stéthoscope, il avait pu capter les folles pulsations de ce cœur qui s'emballait malgré moi ?

Valombra s'était retourné, marchant derrière Cruella Schiano qui roulait à présent des hanches comme si elle dansait la bossa nova. Elle lui montrait des tableaux, une sculpture, des reliures. Je les suivais des yeux, la main glissée sous mon sweat-shirt, plaquée sur mon cœur. J'avais l'impression qu'il se calmait ainsi. Le regard sombre de Valombra m'effleura un instant. Il devait se demander pourquoi ce type à la pose bonapartienne le dévisageait avec tant d'insistance.

Je commençai à en avoir assez du magasin de Cordelia de Vil, de ses mortiers, de ses paravents, ses bibelots et ses bustes. Je décidai d'attendre dehors. Il me serait facile de l'aborder dès qu'il sortirait : « Bonjour, monsieur Valombra, vous ne me connaissez pas, mais… » Très facile, tentai-je de me persuader.

Mais lorsque Valombra émergea à son tour, un paquet sous le bras, il s'engouffra dans un break Volvo noir.

Je le regardai démarrer en trombe. Je n'avais même pas eu le temps de m'approcher de lui.

Je retournai au palazzo Valombra le lendemain, gonflé à bloc. Plus de temps à perdre ! Je rentrais à Paris dans deux jours. Je frappai trois coups sonores d'une main assurée. Apparut le même laquais, visage impassible tendu comme un masque, et qui me claqua la porte au nez pour la deuxième fois avant que j'aie ouvert la bouche. Que faire, bon Dieu ? Je ne parlais pas un mot d'italien.

Je m'assis en face du palais. Il était dix heures du matin. Nul doute que cet odieux valet allait sortir à un moment ou un autre faire des courses, ou prendre l'air. Je ne pouvais pas risquer de me faire éconduire par lui une troisième fois.

L'air était frais. Je frissonnai, investi d'une lassitude que je n'avais pas ressentie depuis longtemps. La matinée s'écoula avec une telle lenteur que je faillis m'endormir sur mon banc. Puis le laquais sortit par une petite porte juste avant l'heure du déjeuner.

La voie était libre ! Je me précipitai pour frapper à nouveau. Je m'attendais au visage d'un autre serviteur, mais ce fut celui d'un garçon d'une dizaine d'années qui s'offrit à moi. Ces yeux, ces cheveux noirs, ce nez aquilin : il ne pouvait s'agir que du fils du maître de maison, Lodovico.

174

– *Prego ?* fit-il d'une voix qui n'avait pas encore mué.

Il portait un short en jean et un T-shirt. L'énorme vestibule à voûtes encadrées qui s'ouvrait derrière lui le faisait paraître encore plus petit, mais son maintien et sa grâce naturels lui donnaient l'aplomb d'un adulte.

Je demandai à voir son père.

– Avez-vous rendez-vous ? dit le garçon dans un français parfait.

– Non, avouai-je.

– Mon père est très occupé. Si vous n'avez pas de rendez-vous, vous ne pourrez pas le voir. Je suis désolé, monsieur.

Il haussa les épaules et fit mine de refermer la porte.

C'est alors que j'eus une idée. En visitant l'atelier de Constance, rue Lepic, j'étais tombé sur une boîte remplie de ses cartes de visite. J'en avais empoché une, avec l'accord de Garance. Depuis, je la portais toujours sur moi.

Je la sortis de mon portefeuille. On y lisait :

Constance Delambre
restauratrice de tableaux anciens
27, rue Lepic, Paris XVIIIe

Je la tendis à Lodovico.

– Peux-tu donner ceci à ton père ?

Le petit fit une moue dubitative.

– Il déjeune avec un monsieur très important. Mais je veux bien essayer.

Il prit la carte, y jeta un coup d'œil.

– Vous avez un nom de femme ? s'amusa-t-il.

– Non. Il s'agit d'une amie, que ton père connaît aussi.

– Je vais lui apporter. Mais je ne vous garantis rien.

– Je t'attends.

Trois minutes après, il était de retour, essoufflé.

– Alors ? lui demandai-je.

– J'ai donné la carte à papa. Il était fâché au début, parce que je le dérangeais, puis quand il l'a lue, il est devenu tout blanc !

– Peut-il me recevoir ?

– Pas maintenant. (Le garçon me tendit un bloc-notes et un stylo.) Mais il m'a demandé votre nom et votre numéro de téléphone. Il vous appellera. Il m'a dit que vous pouviez compter sur lui.

J'étais si heureux que je faillis embrasser le petit bonhomme.

– Dites, monsieur, fit-il alors que je le quittais, qui c'est, cette Constance ?

Il prononçait Constance à l'italienne : « Costanza ».

Je lui adressai un sourire complice.

– Une amie de cœur.

Je pris la route de Docioli comme si je conduisais une Porsche Targa et non une Fiat 500. Mon bonheur lui donnait des ailes : la petite voiture avalait les kilo-mètres avec allégresse. Comme la Toscane était belle ! Arrivée devant la *pensione*, la Fiat émit un ronflement de satisfaction, puis se tut, épuisée. Mrs Weatherby tâta le capot brûlant d'une main inquiète.

– Bruce… gronda-t-elle. Qu'avez-vous fait à *my* Fiat ?

Je l'enlaçai sous l'œil ahuri de Hotspur pour esquisser quelques pas de tango.

– Votre Fiat *is* OK ! *No* problème. Ah, l'Italie ! Ah, Florence ! Comme je suis heureux ! Comme je suis bien ici !

Cynthia posa sa paume sur mon front avec le même geste soucieux qu'elle avait réservé à sa voiture. Elle me trouva chaud. Je balayai ses craintes d'une main légère. Mais elle insista pour que je me repose. Les Américaines étaient de sortie, et je devais profiter de ces quelques heures de calme avant leur retour.

Malgré ma jubilation, la fatigue ne m'avait pas quitté depuis le matin. Je ne tardai pas à m'endormir. Le rire strident de Gigi me réveilla en sursaut. Elles étaient de retour… Je regardai ma montre. Huit heures ! Juste le temps pour me préparer pour le dîner.

Quelqu'un avait-il téléphoné pour moi pendant ma sieste ? demandai-je à Mrs Weatherby quand j'eus gagné le rez-de-chaussée. Elle me répondit que non. C'était l'heure de passer à table. Ces dames nous attendaient dans la salle à manger, Mr Weatherby aussi. Je me sentais mieux, et j'avais une faim de loup. À peine avions-nous entamé notre repas que la sonnerie du téléphone retentit dans le salon. Mrs Weatherby se leva pour y répondre.

Elle revint, titubante, les joues roses.

– Bruce ! Téléphone pour *you*… C'est… C'est…

Son époux la regarda avec stupeur. Même les Américaines oublièrent un instant de parler.

– C'est Lorenzo Valombra…

– *Omaïgod !* hurla Charla qui tenait, sans avoir la moindre idée de l'identité de Lorenzo Valombra, à saluer à sa manière une nouvelle dont l'importance avait figé nos traits.

C'était le signal de ralliement du « Lunch Club ». Hululements, beuglements, hennissements : le zoo était de retour ! Je me dirigeai vers le salon tandis que Mr Weatherby tentait en vain de les faire taire.

– *Order ! Order !* criait-il, comme à la Chambre des communes.

– Bruce Boutard ? s'enquit Lorenzo Valombra, à l'autre bout du fil.

– Lui-même.

– Pardonnez-moi de vous appeler si tard. Vous devez être en train de dîner, s'excusa-t-il avec un fort accent italien. Pouvez-vous passer me voir demain à quatorze heures trente ?

J'acquiesçai.

– Fort bien. À demain.

Il raccrocha. Notre conversation n'avait duré que quinze secondes. Mais elle m'empêcha de dormir la nuit entière.

Le lendemain, ce fut jouissif – il n'y avait pas d'autre mot – d'ordonner au laquais arrogant de me conduire sur-le-champ à Lorenzo Valombra. La lourde porte du palazzo se referma avec fracas, enfin derrière moi et non dans ma figure.

Quelques instants plus tard, ce fut Valombra lui-même qui s'avança vers moi. Il avait un visage fermé, le regard froid, les mâchoires serrées. Était-ce bien celui que Constance avait aimé en secret, l'auteur passionné de ces lettres d'amour ?

Il se tenait à un mètre de moi. Un parfum d'eau de Cologne mêlé à celui du tabac blond flotta jusqu'à mes narines. Je regardai ses mains, épaisses, courtes et trapues, les mains qui avaient caressé Constance. Il me tendit la droite. Et soudain, au contact de sa peau, j'eus l'impression de le connaître depuis toujours.

Tout à coup, il sourit, et son visage s'éclaira. Il sembla plus jeune de dix ans.

– L'ami de Constance ! C'est merveilleux. Venez, venez donc, monsieur Boutard.

Nous nous installâmes dans un vaste bureau au deuxième étage. C'était de cette grande table de travail, à la surface lisse et dénudée, que Valombra avait dû écrire à Constance. L'immense pièce était moderne et dépouillée, décorée de toiles abstraites, de meubles aux lignes épurées et de sculptures contemporaines. Le sol avait été recouvert d'une épaisse moquette, le plafond abaissé, les cheminées enlevées. Rien n'aurait pu laisser croire que nous nous trouvions dans un palais du XVe siècle.

L'antre de Valombra dévoilait peu de sa personne. J'eus beau chercher, je ne vis pas le moindre indice qui m'eût permis d'en savoir plus ; pas de photographies, ni de livres, ni d'objets. C'était un lieu impersonnel, anonyme, qui respirait le travail et l'efficacité. Il m'observa, amusé, tandis que je promenais mon regard alentour.

– Constance détestait ce bureau, fit-il en allumant une cigarette blonde. Trop « zen », disait-elle.

Valombra souriait, les yeux perdus dans le vague.

– Vous avez travaillé deux ans avec elle, je crois ? lui dis-je.

180

– Oui. Constance avait du talent. Elle comprenait Ucello. C'est grâce à son intuition, à son sens de la vérité, de la simplicité, qu'elle a pu restaurer *La Bataille* des Offices. Enfin, nous l'avons restaurée ensemble, avec mon équipe. Un travail de titan. Constance avait de l'instinct, de la précision, en dépit de sa jeunesse. Elle aimait ce métier. C'était un bonheur de travailler avec elle.

Comment l'avais-je connue ? me demanda-t-il. Il me fut facile de raconter que j'étais un ami de Garance. J'avais rencontré sa sœur aînée à « L'Ermitage », avec ses parents. Je l'avais revue à Paris, rue Lepic, après son retour d'Italie, poursuivis-je, sans m'embrouiller une seule fois, sans perdre la face. Je me sentais à l'aise, détendu. Était-ce parce que Constance avait aimé cet homme, ou parce que sa froideur avait cédé la place à une amicale attention ?

– Elle doit vous manquer, j'imagine… dit-il en tirant sur sa cigarette.

– Oui. Souvent, j'ai l'impression qu'elle est encore là.

Son visage reprit une apparence rêveuse. Il semblait loin, vulnérable, mélancolique. C'était le moment d'attaquer :

– Constance m'a parlé du tableau mystérieux.

En un éclair, toute rêverie quitta ses traits. Il écrasa sa cigarette dans un cendrier avec brutalité comme pour masquer un trouble.

– Constance vous a parlé du tableau ? fit-il, incrédule.

– Oui.

– Vous deviez être très proches.

– Nous l'étions, en effet.

Un long silence s'installa. Lorenzo Valombra braqua ses yeux sur moi. Était-il sur ses gardes ? Il me fit penser à un soldat raidi par la méfiance, le doigt sur la détente, prêt à tirer sur l'étranger qui s'approche.

Je devinais la tempête qui devait sourdre derrière le calme de son front intelligent : qui était cet inconnu au bataillon qui débarquait chez lui avec la carte de visite d'un fantôme ? Un ennemi ? Un allié ? Pouvait-on lui faire confiance ? Que savait-il au juste ?

Il m'observa avec le même regard soupçonneux que Bernard Delambre, le père de Constance. Mais cette fois, je n'avais pas peur. C'était à lui de venir vers moi, à lui de se dévoiler en premier.

Il se leva, mains dans les poches, et tournait la tête de temps en temps pour me regarder.

– Pardonnez-moi, dit-il, mais je suis surpris que vous connaissiez cette histoire.

Je risquai un « Pourquoi ? ».

Il chercha ses mots.

– Parce que je ne pensais pas que Constance en aurait parlé à quelqu'un.

Il se grattait la nuque d'un index nerveux :

– J'ai une question indiscrète… J'espère que vous ne m'en voudrez pas.

Son accent italien s'intensifia.

– Je vous en prie, lui dis-je.

Il se rassit, alluma une cigarette. Le téléphone sonna. Il décrocha, les sourcils froncés, prononça quelques mots secs, puis posa le combiné à côté du socle.

– Excusez-moi… Comme ceci, nous ne serons plus dérangés…

Il me regarda droit dans les yeux :

– Avez-vous été l'amant de Constance ?

Son indiscrétion ne me choqua pas.

– Non.

Il esquissa un mouvement de surprise :

– De très bons amis, alors ?

– Oui, amis. Nous n'étions pas amants, mais elle m'a donné son cœur.

L'audace de cette phrase me surprit. Comment avais-je pu dire une chose pareille ? Valombra n'allait-il pas tout deviner ? Je le scrutai à la dérobée. Il n'avait pas réagi.

– Que vous a-t-elle dit à mon propos ? demanda-t-il après un silence, la voix altérée, les yeux brillant d'un éclat inquiétant.

Ne cherchait-il pas à m'entraîner sur un terrain miné ? Je devais décupler ma vigilance. Un faux pas, et je risquais de tout compromettre. Comment lui répondre ? J'eus l'intuition qu'il me fallait rester le plus près possible de la vérité, penser aux lettres, à son amour pour Constance.

Je tardais à parler.

– Que vous a-t-elle dit, exactement ? s'impatienta-t-il, suspendu à mes lèvres.

– Constance vous aimait beaucoup.

Il hocha la tête :

– Continuez, s'il vous plaît.

– Son admiration pour vous était immense. J'ai même eu souvent l'impression qu'elle était amoureuse de vous, bien qu'elle ne me l'ait jamais dit de façon directe. Mais j'imagine que cela n'est pas une surprise pour vous, ajoutai-je en me permettant un léger sourire.

– Non, en effet, avoua Valombra, visiblement soulagé.

Il devait triompher dans son for intérieur : « Il ne sait rien ! Il croit qu'elle a eu un petit béguin pour moi… »

Maintenant qu'il avait repris son souffle, il revenait à la charge.

– Que vous a-t-elle dit à propos du tableau ?

Je flairai le danger à nouveau. Lorenzo était comme un fauve tapi dans l'ombre, prêt à fondre sur sa proie. Quelques phrases de sa dernière lettre à Constance s'imprimèrent devant mes yeux. Des mots noirs qui dansaient sur le visage attentif de l'homme assis en face de moi. J'aurais pu lui en faire une lecture à voix haute : « *Alors je m'attelle à notre grand projet, à ce tableau mystérieux qui te passionne, aux seules choses qui me lient encore à toi. J'y travaille avec l'acharnement dont tu me sais capable.* »

– Constance m'a fait un jour une confidence qu'elle n'avait jamais révélée à personne d'autre, lui dis-je. Elle m'a raconté qu'elle se passionnait pour un mystérieux tableau, et que vous l'aidiez dans ses recherches.

– Continuez, je vous en prie.

Il semblait gober mon histoire. Je m'efforçai de garder une voix neutre.

– Pour elle, c'était un projet important, parce qu'il vous liait tous les deux.

Il ressassait mes paroles en silence.

– Un trésor que vous partagiez, hasardai-je en me demandant si je n'allais pas trop loin.

Lorenzo bondit, stupéfait.

– Constance a parlé du « trésor » ?

Il martelait ses pieds sous le bureau comme un danseur de claquettes. Pourquoi s'agitait-il ainsi ?

– Oui, je m'en souviens précisément.

– Vous a-t-elle dit autre chose ? haleta-t-il.

– Non. Constance est morte peu de temps après notre conversation.

Lorenzo Valombra fumait sa cigarette sans un mot. Je sentais se soulever en lui les questions, la méfiance, l'étonnement. J'observai sa chevelure noire, sa barbe, striées çà et là par des fils d'argent, le grain de sa peau mat et serré, les rides légères qui marquaient le coin de ses paupières.

– Si Constance vous a parlé de ce tableau, c'est qu'elle vous faisait confiance. Pourquoi avez-vous tant tardé à me contacter ?

– J'ai été malade. (Ce n'était pas si loin de la vérité, après tout.) J'ai dû attendre de guérir pour vous rencontrer.

Valombra pinça la racine de son nez entre ses doigts épais. Il paraissait réfléchir, hésiter encore.

Puis il se lança.

– J'imagine que vous êtes venu ici parce que vous vouliez en savoir davantage ?

– Oui.

– Ce que j'ai à vous dire est confidentiel, vous comprenez ? Vous devez me promettre de garder le silence.

— Je le promets.

Lorenzo Valombra se leva et regarda sa montre. Il me parut plus âgé, le visage creusé, le regard las.

— Mais pour l'heure, je dois vous laisser. Venez dîner avec moi ce soir. Je vous raconterai toute l'histoire. Je vous attends à vingt heures.

jeune fille au pair et chauffeur avaient pour ordre de les laisser entre eux.

Les parents de Lorenzo s'étaient peu occupés de lui. Il avait grandi seul dans ce palais. Aussi, une fois marié et père de famille, passait-il le plus clair de son temps avec femme et enfants malgré son travail et ses voyages.

Lodovico apporta mon jus de tomate et des amuse-gueules, puis nous quitta, le chien sur ses talons. Nous bûmes en silence. Lorenzo me tendit une cigarette, que je refusai.

– J'admire votre hygiène de vie. Pas de tabac, pas d'alcool. Du sport ?

– Oui.

– C'est bien. C'est à cause de votre maladie ?

– Bien sûr. Avant, je fumais trois paquets par jour et je buvais beaucoup.

– Je devrais vous imiter. Mais j'aime trop mes quelques vices. Oscar Wilde disait qu'il fallait savoir résister à tout, sauf à la tentation. Je m'applique à suivre cet excellent conseil.

Qui était Oscar Wilde ? me demandai-je en partageant son rire communicatif.

– Dites-moi… fit Lorenzo en souriant. Ne nous sommes-nous pas déjà rencontrés ?

– Je ne pense pas.

Lorenzo m'observa.

– J'ai pourtant l'impression de vous connaître. Quelque chose en vous me semble familier. À vrai dire, j'ignore ce que c'est.

Ses yeux balayèrent mon visage.

– Qu'importe ! Puisque je vous ai invité à dîner, passons à table !

La cuisine se trouvait au rez-de-chaussée. Elle était aussi moderne que le bureau. Lorenzo y prépara notre repas, en refusant mon aide. Son téléphone portable sonna dans la poche de sa veste pendant qu'il épépinait des tomates. Il coinça l'appareil entre son menton et son épaule, et mit de l'eau à bouillir.

– *Pronto ? Ah, si…*

Il me jeta un coup d'œil.

– Vous m'excusez, Bruce ? C'est important.

Je le regardai s'affairer à notre dîner, tout en poursuivant sa conversation. Sa langue maternelle rendait sa voix plus sensuelle encore. De temps en temps, une inflexion autoritaire en durcissait le timbre.

Lorenzo Valombra n'était-il pas le contraire de ce que j'avais imaginé ? Je m'attendais à un aristocrate fier, dédaigneux, mondain, à l'image de son palais inaccessible et austère. Il était tout sauf cela. Je compris l'attraction que Constance avait dû ressentir pour lui. Comment ne serait-elle pas tombée amoureuse d'un homme aussi séduisant ?

Le dîner fut simple mais délicieux. Puis nous retournâmes dans le salon. Je m'étais installé dans le divan. Lorenzo resta silencieux le temps de fumer une cigarette, de caresser la tête carrée du beagle calée sur son genou. Puis il débuta son histoire.

Constance travaillait au sein de l'équipe de Lorenzo depuis quelque temps, quand elle fut contactée par un antiquaire florentin qu'elle connaissait déjà. Il désirait qu'elle remette en état un tableau appartenant à une de ses tantes qui vivait en Suisse. La baronne Landifer ne souhaitait pas que son tableau quittât le pays. Elle était âgée et acariâtre, et elle avait été échaudée par une tractation désastreuse avec un autre antiquaire. Aussi fit-elle envoyer un billet à Constance pour que cette dernière se rende à son chalet. Les honoraires qu'elle proposait étaient des plus intéressants. Constance accepta d'aller en Suisse.

La fille aînée de mon hôte, Giulia, pénétra dans le salon avec un plateau de café. Elle devait avoir quatorze ou quinze ans ; c'était une grande brune souple. Je notai qu'elle avait hérité la finesse de sa mère. Elle m'adressa un sourire timide et s'en alla. Lorenzo poursuivit son histoire.

La toile que Constance devait restaurer représentait une Vierge à l'Enfant ; un joli tableau anonyme, d'une école italienne, sans grand intérêt. La baronne désirait l'offrir à l'un de ses fils une fois qu'il aurait été remis en état. Cependant, dès son arrivée, Constance avait remarqué un portrait de femme d'un style ancien, probablement italien. Il était accroché dans le salon avec le reste d'une collection que la baronne avait héritée d'un vieil oncle. Elle avait proposé à celle-ci de le restaurer également. Pandora Landifer s'étonna que Constance s'intéressât tant au petit portrait, mais elle accepta.

– Je me souviens encore de son enthousiasme, dit Lorenzo. Elle m'avait écrit une lettre qui débutait ainsi : « Vous n'allez jamais me croire, mais je crois avoir découvert un Ucello chez la baronne Landifer ! » Dois-je vous préciser que rares sont les œuvres authentifiées de Paolo Ucello ? Il existe peu de documents concernant la production de ce peintre. Certains de ses tableaux ont été perdus ; d'autres, de petite dimension et de qualité inégale, n'ont pu lui être attribués faute de certitude. Les experts du Quattrocento sont eux-mêmes partagés parfois quant à l'attribution d'un tableau.

La voix de Lorenzo s'assourdit.

– Constance est morte en août 1996, comme vous le savez, avant que le tableau ne puisse être vu par un expert renommé, le professeur Graziani. La vieille dame, choquée par le décès de Constance dont elle était devenue proche, annula la venue du professeur. Elle refusa de répondre à nos lettres, nos coups de fil, nos visites. Beppe Ruspolini, le conservateur des Offices, Graziani et moi avons tout tenté pour faire expertiser le portrait. En vain. Impossible de la faire changer d'avis. Le refus de la baronne est catégorique. À l'heure actuelle, le tableau se trouve toujours en Suisse. Le « trésor » de Constance dort en haut d'une montagne, conclut Lorenzo.

Il esquissa un sourire mélancolique.

– Pensez-vous que ce portrait soit de Paolo Ucello ? demandai-je.

– Constance en était convaincue. J'ai confiance en son jugement. Mais nul ne le saura jamais, à présent.

Avec discrétion, Lorenzo regarda sa montre. Il se faisait tard, et je sentais qu'il était temps pour moi de prendre congé de mon hôte. Mrs Weatherby devait m'attendre et j'avais encore une longue route à faire en pleine nuit pour rentrer à Docioli. Je m'apprêtais à partir quand la porte s'ouvrit sur Giulia, qui tenait un petit enfant dans ses bras.

– C'est Florence, papa. Elle pleure et ne veut pas dormir. Je n'arrive pas à la calmer.

Elle remit à son père le petit paquet blond avec une moue de dépit et s'envola, pieds nus, aussi légère qu'un elfe. Lorenzo berça l'enfant sur sa poitrine, murmura des paroles douces. La petite fille se calma, suça son pouce, le visage bouffi de larmes. Touché par la tendresse de Lorenzo à son égard, je ne pus m'empêcher de penser à ma fillette mort-née, celle que je n'avais pas vue grandir.

– C'est ma petite dernière, chuchota-t-il. Elle a dix-huit mois.

Je contemplai le père épris de son bébé lui caresser les cheveux, embrasser les joues rondes. Chiara avait dû faire cadeau de cet enfant à Lorenzo après sa liaison avec Constance. L'enfant de la dernière chance.

– Avez-vous des enfants, Bruce ?

– Un fils de bientôt dix-neuf ans.

– Vous l'avez eu jeune ! fit-il.

Florence ne pleurait plus ; elle hoquetait de temps en temps, et ses grands yeux bleus, auréolés de cils encore mouillés, me contemplaient. Elle me fit un sourire où perlaient quelques dents minuscules, et babilla en me montrant du doigt.

– C'est un ami, lui dit Lorenzo. Il s'appelle Bruce. Va lui dire bonsoir.

Il la posa par terre. Elle se tenait bien debout, sur de courtes jambes rondes. Sa grenouillère soulignait un ventre proéminent et des bras potelés. Elle s'avança vers moi, le regard inquisiteur. Une main curieuse se posa sur mon genou.

— Elle n'est pas farouche !

— Non, dit Lorenzo, amusé.

Je la pris dans mes bras.

Ses mains ressemblaient à des étoiles de mer miniatures, rose pâle, avec des ongles minuscules. Je les touchai de mes doigts.

Une impression étrange m'irradia au contact de cette peau enfantine.

La petite me regardait toujours de ses yeux clairs. Sa chair brûlait la mienne. J'eus du mal à respirer.

Le salon tournoyait autour de moi comme si je me trouvais sur un manège détraqué. Le visage inquiet de Lorenzo s'approcha du mien.

— Bruce ? Qu'avez-vous ? Vous vous sentez mal ?

Il me donna un verre d'eau que je bus à grandes gorgées. En m'essuyant les lèvres, je balbutiai que tout allait bien.

— Vous m'avez fait peur ! s'exclama-t-il. J'ai cru que vous alliez tourner de l'œil.

Je me tus. Que m'était-il arrivé ? J'avais pourtant pris mes médicaments à heure fixe, trois fois par jour, ainsi que le professeur Berger-Le Goff me l'avait prescrit. Une discipline contraignante dont dépendait ma santé puisque ce traitement préventif à base de corticoïdes aidait mon organisme affaibli depuis la greffe à lutter contre toute infection. Je m'y pliais donc en portant toujours mes pilules sur moi.

Je devais consulter un médecin dès qu'apparaissait le moindre signe d'alerte : faiblesse, fièvre, malaise, troubles oculaires ou cardiaques, avais-je été prévenu. Et moi qui traînais cette fatigue depuis maintenant deux jours…

Lorenzo semblait inquiet.

– J'ai l'impression que vous n'allez pas bien.

– Je vais me reposer quelques minutes, puis je vais vous laisser.

Ma voix me parut blanche. Je me sentais incapable d'affronter la longue route jusqu'à Docioli.

– Je pense que vous feriez mieux de rester ici, suggéra Lorenzo. On va vous préparer une chambre. Téléphonez donc à vos amis pour les prévenir.

C'est ainsi que je passai ma première nuit dans le palazzo Valombra.

Le lendemain matin, j'ouvris les yeux, rétabli. Le malaise de la veille semblait s'être estompé pendant la nuit. Allongé dans mon lit confortable, je songeais au tableau enfermé chez la vieille baronne. N'en avais-je pas rêvé ? Les questions affluaient à mon esprit. Comment faire pour que la baronne accepte de le montrer à l'expert ? Lorenzo avait-il tout essayé ? S'était-il rendu là-bas ? S'était-il montré assez convaincant ? Ou en avait-il trop fait ?…

Neuf heures passées. Je me levai, m'habillai après une douche dans une spacieuse salle de bains où je trouvai le nécessaire pour me raser et me coiffer. Le palais, ce matin, était assailli d'une nuée de soubrettes et de valets. Tous me saluèrent avec une cordialité polie. On me demanda ce que je désirais pour mon petit déjeuner. La Signora me rejoindrait dans le petit salon, m'apprit-on.

Chiara Valombra présenta à la lumière du matin un visage moins jeune que celui de la nuit dernière, mais cette beauté plus marquée me toucha. Elle m'adressa un sourire, s'installa à côté de moi, et me versa du thé.

Lorenzo, parti à un rendez-vous matinal, n'allait pas tarder, me dit-elle ; les enfants étaient déjà sortis, et la petite Florence jouait avec sa nanny à l'étage.

Allais-je mieux ? s'enquit-elle d'une voix posée et chaleureuse. Je hochai la tête, dégustai mon repas. Mais, en dépit de sa gentillesse, je me sentis rustre et maladroit, plus que jamais conscient de mes vêtements fripés, de mes chaussures poussiéreuses, de mes origines modestes devant cette femme aristocratique.

– Mon époux m'a dit que vous étiez un ami intime de Constance… Sa mort soudaine a dû vous causer bien du chagrin.

– Oui, fis-je, gêné par l'insistance de son regard.

Chiara Valombra alluma une des cigarettes blondes que Lorenzo avait laissées sur la table.

Un long silence s'installa. Que savait-elle de Constance Delambre ? Qu'avait-elle deviné, subodoré, redouté ? Je regardai ses mains. Elle portait les armes Valombra sur une chevalière à l'auriculaire gauche : la croix, l'aigle, la fleur de lis. Élisabeth n'avait jamais porté mes armes, et pour cause, je n'en avais pas (quelles auraient été les armes Boutard… une souris ? une antenne de télévision ? un tire-bouchon ?), mais elle avait en revanche arboré le même regard meurtri que celui de Chiara, le même visage abîmé par la trahison d'un mari.

Mais Élisabeth m'avait quitté avec perte et fracas alors que Chiara était restée avec Lorenzo. Pourquoi ? « Pour les enfants » ? Parce qu'une Valombra ne divorçait pas ? Parce qu'elle avait su lui pardonner ? Ou peut-être, tout simplement, parce qu'elle aimait Lorenzo ?

Ce long silence m'embarrassait.

– Vous avez de beaux enfants, lui dis-je, la bouche pleine de brioche.

– Oui, murmura-t-elle.

– Giulia vous ressemble beaucoup.

– Et Lodo, à son papa !

Pas un mot de Florence, remarquai-je.

Soudain agitée, mal à l'aise, elle sortit de sa réserve :

– Vous étiez très proche de Constance ?

– Oui.

– Se confiait-elle à vous ? me demanda-t-elle en étudiant mon visage de ses prunelles mordorées.

– Souvent.

Chiara tâtait le terrain, comme son mari la veille ; elle avançait de façon prudente, avec mille précautions, pour comprendre ce que connaissait au juste ce Français, ce « plouc » avec son sweat-shirt chiffonné.

– Vous parlait-elle de nous ?

Je lus la peur dans ses yeux ; la peur que je salisse son bonheur ; la peur que je parle de l'infidélité de Lorenzo. C'était sa faille, sa blessure, que je décelais dans la fragilité de son sourire.

Ému, je voulus prendre sa main dans la mienne, la rassurer. J'allais mentir, la protéger coûte que coûte. Mes paroles n'allaient pas la meurtrir. Mais elle m'apprit d'un regard qu'elle savait tout, comme elle avait aussi deviné que je n'en avais rien dit à Lorenzo. Aussi me devança-t-elle en coupant net l'élan de mes mensonges virtuels, avec une voix vibrante qui me bouleversa.

– Je n'ai jamais détesté Constance. J'aurais pu. Mais elle était attachante. Pleine de vie, passionnée…

198

Si jolie, si grande, si drôle… Elle avait la jeunesse, le talent. Elle était fascinante. N'est-ce pas ?

Je ne pus que dire oui.

Chiara se servit du thé. Puis elle se leva, sa tasse à la main, et regarda par une des fenêtres, en buvant à petites gorgées. Elle portait un pantalon à pinces et une chemise claire ouverte sur son cou. Lorsqu'elle eut terminé son thé, elle revint s'asseoir près de moi.

— Vous savez, il y a toujours une ou deux stagiaires pour tomber amoureuses de Lorenzo. J'ai l'habitude. Il suffit de le regarder. (Elle eut un rire amer.) Il est magnifique ! Je ne m'en étais jamais inquiétée. Jusqu'à Constance… Là, j'ai flairé le danger. Vous êtes de quel signe, monsieur Boutard ? demanda-t-elle soudain du coq à l'âne.

Sa question me surprit.

— Vierge.

— Croyez-vous à l'astrologie ?

— Non.

— Moi non plus. Mais le destin de Constance et de Lorenzo était écrit dans les astres. Lui, le Scorpion, elle, le Capricorne. C'était plus fort que tout. Je n'ai rien pu faire.

Sa voix se fit presque inaudible. Je dus m'approcher pour entendre la suite. Une tristesse figea ses lèvres.

— Sa mort m'a rendu Lorenzo. Mais quelque chose de lui est parti avec elle. Depuis lors, il n'est plus le même.

La porte du salon s'ouvrit. La petite Florence s'avançait vers nous, suivie de sa nurse. Chiara la prit sur ses genoux. L'enfant, dont la chevelure bouclée avait été domptée par un ruban qui dégageait son front, avait une mine plus sereine que la veille.

J'observai les deux visages rapprochés : celui, joufflu et doré de la petite, celui plus mûr, plus anguleux, de sa mère. La blondeur de la fillette contrastait avec les bandeaux d'ébène de Chiara.

Florence avait les yeux d'un bleu limpide.

Comment était-ce possible, me dis-je soudain, alors que ceux de Chiara étaient noisette, ceux de Lorenzo, noirs, et que Lodo et Giulia étaient bruns aux yeux foncés ?

Lorsque le bébé leva sur moi le bleu de son regard, une phrase me revint en mémoire. *« Une Constance aux yeux d'azur, qui porte les rayons du soleil dans sa chevelure, et toute la profondeur du ciel dans ses prunelles. »*

Et cet épi que la petite avait en haut du front, cette mèche de cheveux qui poussait comme l'eau jaillie d'une fontaine ?

Giulia ressemblait à Chiara, Lodo à son père, mais à qui donc ressemblait Florence ?

« Tu n'es pas sortie de ma vie, puisque tu m'as donné une partie de toi. Lorsque la tristesse m'emporte, lorsque le manque de toi se fait trop atroce, je sais qu'il me reste ce trésor unique, le plus beau don que tu aies pu me faire. »

Je plaquai ma main fort sur mon cœur pour le calmer. Chiara remarqua mon geste et ma pâleur. Juste une douleur passagère, la rassurai-je, tandis que Lorenzo entrait dans le salon. La petite fille se précipita sur lui en poussant des cris de joie.

– Ma princesse, ma toute belle, ma diablesse... murmura-t-il tandis qu'elle frottait ses joues à sa barbe noire.

Chiara emmena la petite et nous laissa seuls.

– Vous me semblez encore un peu pâle, Bruce, remarqua Lorenzo dès qu'elles eurent quitté la pièce. (Il demanda qu'on lui apporte du café, et s'assit en face de moi.) Quand rentrez-vous à Paris ?

– Je prends le train ce soir.

– Consultez votre médecin dès demain. Ce serait plus prudent.

Il avait raison.

Mais pour l'heure, ma santé me préoccupait moins que ce que je venais de comprendre. Non, je ne pouvais pas me tromper ! Tout concordait.

Lorenzo flairait mon agitation, redoutait mes questions. Sans doute n'avait-il qu'une envie : se débarrasser de moi au plus vite. Déjà, il regardait sa montre. Ses journées étaient chronométrées à la minute près. Quelqu'un devait l'attendre, là-haut, dans son grand bureau. Je me levai. Il fit de même.

– J'ai été ravi de vous connaître, Lorenzo. Merci de votre hospitalité. J'espère vous revoir un jour, ici ou à Paris.

Devant la porte, pas de trémolos, pas de pathos. Rien de tel que des yeux francs, un sourire chaleureux, une poignée de main amicale. Mon attitude se fit plus intime, mon regard plus complice pour lui porter le coup de grâce en quelques mots chuchotés à son oreille :

– J'ai été content de rencontrer le « trésor ». Elle est si mignonne ! Cela m'a fait chaud au cœur. Merci.

Une tape dans le dos, un dernier au revoir. La porte s'ouvrit sur la via Tornabuoni, et je filai, la main levée. Lorenzo n'avait pas bronché. Il m'avait laissé partir, planté sur le haut des marches comme la statue du Commandeur, le sourire fossilisé.

Je marchai vers le parking où j'avais laissé la Fiat, sans me retourner. Dix pas, quinze, vingt... Au trentième, une main lourde s'abattit sur mon épaule. Je fis volte-face pour l'affronter. Lorenzo, incrédule, respirait difficilement.

– Le « trésor » ? bredouilla-t-il. Que voulez-vous dire...

Je tentai un regard le plus limpide possible. Je ne prononçai qu'un mot :

– Florence.

Sa barbe devint une tache d'encre noire sur un visage aussi blême que du papier mâché.

– Florence ?... répéta-t-il, hagard.

Puis il m'attrapa le bras, m'entraîna vers le palais. Je me laissai faire. Une fois à l'intérieur, il se fit menaçant, me questionna, s'emporta. Je lui tins tête sans lui répondre. Mon silence l'exaspéra. Il m'aurait secoué comme un prunier pour un peu. Qu'est-ce que je risquais, après tout ? Qu'il me mette dehors ? Qu'il me frappe ? Qu'il m'insulte ? Impossible. Lorenzo Valombra était un homme de bonne famille. Il savait se tenir.

Le bras de fer s'éternisa. Je ne démordis pas de mon mutisme, m'y enfermai comme dans un scaphandrier. Lorenzo était au supplice. Il s'effondra sur une chaise, les épaules rondes de lassitude.

– Je veux la vérité, lâcha-t-il d'une voix rompue. Que savez-vous à propos de Florence ?

– Tout.

Risqué ! Mais ce « tout » était si vague, si commode ! On pouvait y fourrer tant de choses !

Il était touché au cœur. J'avais vu juste.

– Comment le savez-vous ? Par Constance ?

– Oui, mentis-je.

Lorenzo lança en l'air ses mains épaisses avec violence.

– Elle m'avait pourtant juré de ne rien dire… Avant de…

– De quoi ?

– De mettre ses parents au courant. Elle était partie pour leur dire que nous avions eu un enfant, le soir de son accident.

– Ses parents l'ignorent toujours ?

– Je n'ai pas osé leur dire, après son décès.

– Il est encore temps…

– Peut-être. Mais je n'en ai pas eu le courage. Je suis faible. Constance me le répétait souvent. Je n'ai pas pu affronter le regard de ses parents comme je n'ai pas pu quitter Chiara pour elle, même lorsque j'ai appris qu'elle allait avoir notre enfant.

– Mais pourquoi Constance a-t-elle tardé à le leur dire ?

– Elle projetait de le faire un jour, de leur amener la petite, sans leur cacher qui était son père. Mais elle craignait leur réaction. N'oubliez pas que je suis marié, père de famille, plus âgé qu'elle, étranger de surcroît. Et puis… vous connaissez le tempérament de Bernard Delambre…

– Pourquoi vous a-t-elle quitté ?

– Constance avait besoin de faire le point. Elle venait de comprendre que je n'abandonnerais pas ma femme, mes enfants, malgré mon amour pour elle. Il lui répugnait de devenir ma maîtresse attitrée installée dans un appartement à Florence. Elle est partie sur un coup de tête passer l'été en France. Je pensais qu'elle allait vite revenir, peut-être pas pour moi, mais pour notre fille, un nourrisson encore, qu'elle avait confiée à une de nos amies communes en son absence. Mais elle est morte en route pour « L'Ermitage ».

– Et votre épouse ?

– J'ai dû tout lui avouer à la mort de Constance. Elle avait déjà compris. Elle a été extraordinaire. Elle a accepté d'élever cet enfant comme s'il était le nôtre, de supporter ragots et commérages.

Voilà le véritable secret du regard blessé de Chiara, de son sourire fragile, pensai-je…

– Personne n'est dupe, vous savez, continua Lorenzo. Il n'y a jamais eu de Valombra blonds aux yeux bleus… Mais Florence est tout ce qui me reste de Constance.

Il s'était tourné vers moi, le sourire retrouvé.

– Vous l'avez vue, n'est-ce pas ? La même blondeur, le même regard, le même front… Et le même caractère, déjà ! Quel trésor… Notre trésor…

– Parlez-moi encore de Constance.

Lorenzo sourit.

– Je pourrais vous parler d'elle des journées entières.

Je me réveillai avec une forte fièvre le lendemain, dès mon arrivée à Paris. Je me sentais mal. Un rendez-vous avec le professeur s'imposait sans plus tarder.

– Secrétariat du professeur Berger-Le Goff, bon-jour !

Entendre la voix de Joséphine au téléphone me fit réaliser à quel point elle me manquait.

L'envie de la prendre dans mes bras me démangea lorsque je la vis à l'hôpital. Trop fatigué pour lui par-ler, je me contentai d'admirer son beau visage, sa sil-houette, tandis qu'elle s'inquiétait de mes traits tirés.

– J'essaie de te joindre depuis plusieurs jours, chuchota-t-elle. Où étais-tu passé ?

– En Italie.

Ses yeux s'arrondirent.

– Tout seul ?

– Évidemment !

– Voilà le professeur, fit-elle à voix basse.

Le professeur m'ausculta, soucieux. Je faisais une crise de rejet, m'expliqua-t-il, d'où fatigue et fièvre. Je devais me reposer quelques mois, augmenter mes doses de médicaments, après quelques examens complémentaires, biopsies et prélèvements. Pas question de reprendre mon travail comme prévu. Je reçus ces nouvelles avec fatalisme.

Je rentrai rue de Charenton, rempli de tristesse. Il avait suffi d'une poussée de fièvre, d'une faiblesse passagère pour contrecarrer les projets que j'avais échafaudés avec enthousiasme. Je me sentais tiré vers le bas par la fragilité de ma santé. Je n'étais pas comme les autres. Je devais m'y résoudre : j'étais un transplanté du cœur jamais à l'abri d'une infection.

Mathieu me croyait encore en pleine forme, rentré d'un séjour agréable en Italie. Comment lui dire la vérité sans l'inquiéter ? Ne ferais-je pas mieux de lui dissimuler mon état ?

Impossible, en revanche, de rien cacher à Joséphine. Elle avait constaté ma mauvaise mine, et elle détenait mon dossier. Je songeais à dîner en solitaire quand retentit un coup de sonnette. J'ouvris la porte : Joséphine, encombrée de paquets.

– Je suis venue te faire à dîner, annonça-t-elle.

Elle portait une jupe courte et ses bas noirs.

Je lui dis avec reproche :

– Je croyais que tu ne voulais plus me voir.

Elle haussa les épaules, se glissa dans l'entrée.

– J'ai un caractère de cochon. Tu vas devoir t'y faire.

Tout à coup, elle était dans mes bras, chaude, vibrante. Elle n'avait pas cessé de penser à moi, murmura-t-elle. Lorsque j'évoquai la ténacité de sa rancune, elle me supplia de lui pardonner.

Constance Delambre avait d'abord été pour moi une présence abstraite. Elle vivait pourtant à travers moi, à travers ce cœur transplanté. Son âme y palpitait encore, par fragments. Quelque chose d'elle, de ses intuitions, de son humour, de sa sensibilité, de sa persévérance s'était propagé en moi, s'était dilué dans mon sang. N'était-ce pas son essence qui m'habitait, qui avait étoffé le vide de mon existence ? Aurais-je vécu la même aventure avec le cœur d'un autre ? Étais-je le seul greffé à éprouver cette intimité avec son donneur ?

J'empruntai, malgré moi, pour raconter Constance à Joséphine, les mots de Lorenzo. L'homme amoureux l'avait décrite avec passion, et, désormais, je n'ignorais rien de sa personnalité. Sur les lèvres de son amant, Constance avait repris vie, couleurs, forme, ampleur. Ce fut grâce à ces mots-là, bien plus qu'à ceux de Garance, que j'eus enfin l'impression de la connaître. Elle croyait à l'amour, à la tolérance, au partage, à la confiance. Entière, impulsive, tendre, elle préférait donner plutôt que recevoir. Elle aimait rire, mais elle

Il s'échappait une odeur appétissante des paquets qu'elle avait posés par terre. Elle s'était rendue chez un traiteur italien pour fêter mon retour, et tenait à tout préparer sans mon aide. Je devais me reposer, me rappela-t-elle. Le professeur avait été catégorique.

Après le dîner, tandis que nous étions assis à la lueur d'une bougie, Joséphine me prit la main. Pensait-elle que j'avais perdu la tête ? lui demandai-je. Elle s'était posé certaines questions, en effet. Mais elle me trouvait changé à présent. Avais-je été bouleversé par quelque chose ou quelqu'un ?

– Par l'histoire d'un amour impossible et d'un portrait enfermé dans un chalet lointain, dis-je, bien décidé à tout lui raconter.

L'infection contre laquelle je luttais m'épuisait. Mes yeux se fermaient déjà. Il était l'heure de prendre mes comprimés et d'aller me coucher. Joséphine posa une main fraîche sur mon front brûlant. Alors que je sombrais dans un profond sommeil, je sentis Joséphine se lover contre moi dans le lit. La tiédeur de son corps dénudé m'apporta réconfort et volupté.

– Je t'aime, Bruce, chuchota-t-elle dans mon oreille.

pleurait facilement, de colère, de tristesse, d'émotion. Elle n'avait pas peur de la souffrance, de la mort, de la vieillesse.

Constance comprit assez tard qu'elle était enceinte. Cette découverte l'ébranla au troisième mois de sa grossesse. Devait-elle garder cet enfant ? En avait-elle le droit ? Elle se rendit à Paris pour avorter en cachette. Au dernier moment, elle manqua de courage. Elle garderait ce bébé conçu dans l'amour et en assumerait toutes les conséquences. Elle retourna en Italie, apprit la nouvelle à Lorenzo, qui fut partagé entre bonheur et désespoir. Constance dissimula habilement sa grossesse à leur entourage. Grande et mince, elle prit peu de poids, se drapa de chemises floues, de pulls amples. Personne ne se douta de rien.

Lorenzo, qui n'avait jamais assisté à la naissance de ses enfants, redoutait cet événement. N'était-ce pas une affaire de femmes ? Mieux valait qu'elle se déroulât sans lui. Naguère, Chiara avait accepté sa réticence et ne lui en avait pas voulu. Constance, en revanche, insista pour qu'il fût près d'elle. Lorenzo lui céda. Il n'allait tout de même pas la laisser accoucher seule dans un hôpital florentin ! Il domina son appréhension, et la naissance rapide et indolore de Florence fut un émerveillement.

Regarder Constance donner la vie lui sembla la plus belle chose qu'il lui avait été permis de voir. Lorsque le bébé sortit d'elle, Constance le saisit des mains de la sage-femme, l'embrassa, puis le tendit à son père. Lorenzo reçut sa fille, encore reliée à Constance par le cordon ombilical, et contempla un petit être parfait.

Sa maîtresse était devenue mère avec grâce. D'emblée, elle trouva les gestes pour calmer l'enfant, la nourrir, la bercer. La maternité la rendait radieuse. Elle était fière de sa petite Florence. « Elle est ce que j'ai fait de mieux », disait-elle.

L'émotion de Lorenzo, quand il me raconta cette naissance, était encore intacte. Joséphine, quant à elle, m'écoutait. Allongée dans le lit à côté de moi, sa tête sur mon épaule, elle n'avait pas dit un mot. J'appréhendais sa réaction. Qu'allait-elle penser ? Mon récit s'achevait. J'évoquai la baronne Landifer cloîtrée dans son chalet. Puis je me tus. Joséphine, silencieuse, parut réfléchir.

Elle comprenait beaucoup de choses à présent, me dit-elle enfin. Étais-je apaisé ? Avais-je obtenu les réponses à mes questions ?

— Quelques-unes, lui dis-je. Pas toutes. Le professeur m'a appris un jour qu'un receveur voue une reconnaissance éternelle à son donneur. Mais je ressens bien plus qu'une simple reconnaissance envers Constance. Je lui dois la vie, et le goût de la vie. Comment lui dire merci, puisqu'elle n'est plus sur terre ?

Deux bras formèrent un collier de chair lisse autour de mon cou.

— N'en as-tu pas déjà une petite idée ?

— Tu as raison. Je me doute bien de ce que je vais faire pour remercier Constance Delambre pour ce qu'elle m'a donné. Je n'arrête pas d'y penser depuis mon retour de Florence. Dès ma guérison, je vais devoir repartir.

— Pour aller où ?

– En Suisse.

Les lèvres chaudes de Joséphine effleurèrent ma pomme d'Adam. Son épaisse chevelure caressa ma poitrine. J'y plongeai une main. Sa bouche opta soudain pour le sud, longea mon sternum, le haut de mon abdomen. Lorsqu'elle atteignit la lisière de mon bas-ventre, elle leva le menton vers moi :

– Pourrai-je cette fois t'accompagner ? murmura-t-elle.

– Ça dépend, lui répondis-je avec beaucoup de sérieux.

Elle se rembrunit :

– De quoi ?

– De comment tu vas te racheter d'avoir été si dure avec moi.

Ses lèvres esquissèrent un sourire gourmand.

– Accroche-toi, dit-elle.

Le voyage en couchette de seconde m'avait fatigué. Je n'avais pas fermé l'œil de la nuit. En descendant du train au petit matin, quelques heures après Zurich, l'air était si vif et si froid que j'eus l'impression qu'il me transperçait les poumons.

Après deux mois de repos forcé, j'attendais ce moment avec impatience. La Suisse ! J'y étais enfin. Aux yeux de notre entourage, nous partions, Joséphine et moi, nous reposer en amoureux à l'air pur des Grisons, après ces longues semaines d'immobilité. Ce n'était qu'une partie de la vérité. J'allais devoir trouver la baronne Landifer, puis espérer qu'elle veuille bien me recevoir.

Nous devions reprendre un autre train, beaucoup plus petit cette fois, qui, en grimpant le flanc de la montagne, nous mènerait en une demi-heure à Serneus, le village où vivait la baronne. Les wagons étaient bondés d'enfants qui se rendaient à l'école, de skieurs matinaux, de vieilles dames aux joues cerise.

Contrairement à moi, Joséphine avait bien dormi dans l'exiguïté surchauffée de nos couchettes. Son teint clair et son regard vif témoignaient de sa bonne santé. La tête contre son épaule, je pus me reposer, jusqu'à notre arrivée à Serneus. On nous avait expliqué qu'il fallait descendre avant Klosters.

Serneus était un village de conte de fées, et la gare ressemblait à un jouet d'enfant. Un contrôleur replet agita un drapeau immaculé, et le train repartit avec un sifflet joyeux. La neige avait recouvert le paysage, les sapins, les chalets et le clocher de l'église d'une couverture blanche et moelleuse.

Nous avions loué une chambre à la Chesa Madrisa, à deux pas de la gare, tenue par Frau Hartmann, une dame sans âge, hommasse, aussi large que haute. Vêtue de knickers et d'un pull de ski, couronnée d'une épaisse chevelure poivre et sel, sa voix tonitruante ressemblait à un chant tyrolien : « Fous fenez fous repôser ? *Ja, ja*, c'est pien. Ici c'est très calme. On se repôse pien. Fous ferrez ! »

Notre chambre à l'allure spartiate donnait sur le petit village, perdu dans l'immensité neigeuse. Je me demandai laquelle de ces maisons appartenait à la baronne Landifer. Était-ce l'imposant chalet isolé au bois noirci par les années, qui dominait la vallée d'une colline escarpée ?

Pendant le déjeuner, servi par Frau Hartmann elle-même, je lui demandai si elle connaissait la baronne Landifer.

– *Ja*, tout le monde connaît la paronne ! rétorqua Frau Hartmann de son timbre résonnant.

Elle nous apprit que la vieille dame était issue d'une ancienne famille italienne, et veuve d'un baron français mort à la guerre. Pandora Landifer s'était réfugiée dans les hauteurs paisibles de la Suisse alémanique, voilà un quart de siècle, dans son grand chalet qui surplombait le village, avec pour seuls compagnons ses livres, ses œuvres d'art et une domestique qui la suivait comme une ombre, la dévouée Dolorès.

Âgée de quatre-vingts ans, Mme la baronne n'aimait pas les visites, nous précisa Frau Hartmann. Elle refusait toute invitation, fuyait antiquaires, courtiers et experts, et préférait lire dans son boudoir en écoutant des opéras de Mozart. On redoutait son caractère difficile et sa causticité. La baronne ne recevait personne, à part ses fils, qui venaient rarement la voir. Sa fidèle servante faisait ses courses au supermarché de Klosters, silhouette grise et discrète qu'on saluait d'un geste de la tête. Sourde et muette, elle ne pouvait répondre au cordial « *Kreuzig !* » que s'échangeaient les autochtones en guise de bonjour.

Après notre repas de *röstis* et de *würstsuppe*, nous décidâmes de nous promener afin d'admirer le paysage blanc et bleu illuminé par un soleil pâle. Munis d'après-ski prêtés par Frau Hartmann, emmitouflés dans nos anoraks, nous avançâmes à travers de vastes étendues de neige piquées de sapins aux branches lourdes de flocons. De temps en temps, des enfants chaussés de skis de fond nous dépassaient en criant des paroles gutturales incompréhensibles.

Un vieillard nous adressa un sourire édenté. Posté sur un pont rond qui enjambait une rivière turquoise et tourbillonnante, il avait la peau burinée par le soleil et le froid. Joséphine lui demanda s'il connaissait le chalet de la baronne Landifer. Une main crochue nous montra le chalet noir que j'avais déjà remarqué au sommet d'une colline. Joséphine voulait s'y rendre sur-le-champ. Mais mon visage fatigué, ma respiration saccadée l'en dissuadèrent. Affronter cette colline pentue semblait impossible après ma mauvaise nuit passée dans le train. Il était plus sage de rentrer à l'hôtel.

Le lendemain, après un sommeil réparateur et un bol copieux de *bircher-muesli*, j'étais prêt à grimper la colline avec l'aide de Joséphine. Une fois arrivé en haut, je repris ma respiration. De près, le chalet Landifer était plus impressionnant encore.

Ses teintes sombres, sa hauteur, sa masse, ses fenêtres étroites et sa situation isolée lui donnaient une allure gothique, un peu inquiétante. Au-dessus de la porte d'entrée cloutée, caparaçonnée de serrures rouillées, d'énormes lettres dorées se détachaient avec précision : LANDIFER.

Il n'y avait ni sonnette, ni boîte à lettres.

– Merveilleusement accueillant, murmura Joséphine, tandis que je ne pouvais m'ôter de l'esprit que le tableau de Paolo Ucello découvert par Constance Delambre se trouvait là, de l'autre côté de l'épaisse cloison de bois noir.

– Frappons ! suggéra Joséphine.

Elle tapa sur la porte. Il ne se passa rien. Elle recommença, martela le bois de toutes ses forces. En vain. La domestique sourde n'avait aucune chance de nous entendre. La baronne ne se manifesta pas.

– Et si nous lui téléphonions ?

Mais la baronne ne donnait pas son numéro de téléphone, ne répondait pas à son courrier. Lorenzo en savait quelque chose.

L'impatience, comme le froid, me gagnèrent. Joséphine, songeuse, ne dit plus mot. Elle décida de faire le tour du chalet. Je la suivis. Les fenêtres étaient trop hautes pour que nous puissions voir l'intérieur de la maison.

La façade qui donnait sur le village comportait un grand balcon. Juste en dessous, dans l'ombre de l'avancée, se trouvait une petite porte camouflée dans le bois. La neige avait été balayée afin d'en faciliter l'ouverture. Un interphone était fixé au mur.

Avant même que je puisse prononcer un mot, Joséphine avait appuyé sur le bouton.

Une caméra dissimulée dans une cache déploya un zoom avec un ronronnement métallique qui nous fit sursauter. Puis une voix déformée par le haut-parleur cracha quelques phrases incompréhensibles.

La caméra se rétracta d'un mouvement souple ; le haut-parleur émit un dernier grésillement, et se tut. Le silence retomba sur Landifer.

Joséphine fut prise d'un fou rire que je jugeai déplacé. Tandis que je la réprimandais, elle me fit une grimace et appuya à nouveau sur le bouton avant que je puisse l'en empêcher.

La caméra nous contempla cette fois plus longuement. Quelque part dans le chalet, la baronne étudiait nos silhouettes sur l'écran de contrôle. Emmaillotés dans nos doudounes, masqués par nos passe-montagnes, elle

un chat à la ronde. L'endroit paraissait mystérieux. Au bout du chemin, une clairière s'ouvrit sur une longue crête de montagnes blanches découpées sur un ciel pur. Un banc solitaire faisait face à la vue. Je m'y assis, heureux de pouvoir reposer mes jambes.

Le bien-être se répandit dans mon corps comme la brûlure de l'alcool. La beauté du lieu était si forte qu'elle s'infiltrait en moi avec la précision d'un langage. Calé sur le banc, je reprenais des forces, du courage.

Et je fus certain, tout à coup, que Constance était venue ici, qu'elle s'était assise comme moi sur ce banc pour admirer la vue, pour dialoguer avec la nature.

N'était-ce pas elle qui m'avait guidé là, en cet endroit secret qu'elle aimait ?

Ma nuit avait été aussi blanche que la neige qui tombait le lendemain matin sur Serneus. De ma fenêtre, abruti par le manque de sommeil, je regardais tournoyer des flocons cotonneux. Le chalet Landifer, perdu dans les hauteurs, se cachait derrière un épais brouillard.

J'avais trouvé un numéro de téléphone dans un ancien annuaire de Frau Hartmann. *Landifer, Pandora, Chalet Landifer, Doggilochstrasse 29, Tél. : 023 89.*

C'était ma dernière chance. Je composai les cinq chiffres. La sonnerie retentit une dizaine de fois. Quelqu'un décrocha enfin. « Allô ? » fis-je, pour entendre le cliquetis d'un répondeur qui se mettait en marche, une voix d'homme qui parlait en suisse allemand, suivie d'un bip sonore.

– C'est Bruce Boutard pour la baronne Landifer. J'ai essayé trois fois de vous voir. Pouvez-vous me rappeler au…

Je fus coupé net. La ligne sonna « occupé ». J'attendis pour recomposer le numéro. Occupé. Et ainsi de suite pendant une demi-heure.

– Madame la baronne, je t'emmerde ! lançai-je avec panache.

Après le déjeuner, la neige cessa de tomber. C'était mon dernier jour à Serneus. Je décidai de retourner à la « clairière de Constance » pour l'admirer une dernière fois. Je me mis en route. À chaque pas, je m'enfonçais jusqu'aux chevilles dans les flocons poudreux. Je fus vite essoufflé.

Heureusement, mon sentier avait déjà été déblayé. La clairière m'attendait, piquée çà et là d'un givre étincelant. Le banc se dissimulait sous un manteau neuf de neige. Je dus balayer l'assise avec ma main pour y poser les fesses. Il n'y avait que l'empreinte de mes propres pas autour de moi. Je tirai de ce privilège un vif plaisir.

Quitter le village au plus vite, me dis-je, en récapitulant mes impératifs. Retrouver Paris, Joséphine, Mathieu. Continuer à me reposer. Avachi sur le banc, le visage enfoui au creux de mes moufles, je n'avais soudain plus le courage de rien, ni de rentrer chez Frau Hartmann où m'attendait ma valise, ni de me lever, de marcher, ou de faire le moindre effort. J'étais si fatigué, si las, si découragé, qu'en me forçant un peu, j'aurais pu me mettre à pleurer comme un gamin privé de dessert.

Pourquoi ne pas m'allonger sur ce banc et m'endormir ? La mort me prendrait dans mon sommeil avec la douceur glaciale d'une mariée vêtue d'hermine. Quel doux suicide ! L'on me retrouverait là, le lendemain, raide comme un piquet, aussi congelé qu'un bloc de glace, le visage bleu, un sourire éternel aux lèvres.

Une voix me tira de ces morbides pensées. Je me redressai avec difficulté. Une silhouette drapée d'un long manteau de fourrure et coiffée d'une toque me contemplait. Impossible de deviner s'il s'agissait d'un homme ou d'une femme, d'un vieillard ou d'un jeune. Impossible de distinguer un visage derrière l'écharpe enroulée autour de la tête à la façon des bandelettes d'une momie. Seule émergeait la pointe d'un nez, aussi effilée que l'aileron d'un requin.

La momie répéta la même phrase en suisse allemand sur un ton désagréable. Elle – ou il ? – avait une voix grave et rocailleuse. Je lui dis en français que je ne comprenais pas.

Une main aux dimensions masculines, gantée de daim noir, me désigna.

– Monsieur, vous êtes assis sur mon banc.

La momie parlait le français.

Le Bruce Boutard d'avant sa greffe aurait envoyé valser un tel malotru avec quelques insultes cinglantes. Celui qui avait accueilli le cœur de Constance ne se laissait plus aller à de tels excès. Il serait resté assis, en faisant remarquer à la momie que le banc était assez grand pour deux.

Mais le Bruce Boutard de ce jour-là n'avait plus envie de se battre. Il en avait « ras le bol » de la Suisse, de la neige, des vieilles baronnes, et de tout en général.

Il se leva péniblement, avec un gémissement incontrôlé, les membres lourds, les épaules voûtées, le visage blême sous son ridicule bonnet à pompon, et, d'un geste las non dénué d'ironie, il offrit le banc à son « propriétaire ».

La momie le regarda s'en aller, une jambe à la traîne, bossu de douleur, comme un Quasimodo sonné par ses cloches.

– Attendez !

Cette voix avait l'habitude de donner des ordres, l'habitude qu'on lui obéisse au doigt et à l'œil.

Quasimodo tressaillit. Incrédule, il se retourna.

– Revenez vous asseoir, monsieur. Je n'avais pas vu que vous étiez souffrant.

La momie ayant réquisitionné le côté droit du banc, Quasimodo se contenta du côté gauche.

Débuta alors un interminable silence.

La neige s'était remise à tomber. Mais il ne s'agissait plus des gros flocons duveteux du matin. C'était une fine poussière blanchâtre qui ressemblait à de la farine. Un écureuil dressé sur ses pattes arrière nous observait d'un sapin. Il semblait intrigué par le contraste que nous formions : le petit pâlichon engoncé dans sa doudoune et le grand échalas en manteau de fourrure.

J'entendais presque la neige tomber. Le haut de mon bonnet arrivait à peine à l'épaule de la momie qui se tenait droite comme un « i », le nez rougi par le froid. Mes pieds, à côté de ses immenses Moon-Boots, paraissaient ceux d'un enfant. Il émanait de ce personnage étrange un parfum particulier : une odeur poivrée, plutôt virile, et qui flottait dans l'air de la montagne avec une étonnante arrogance.

— Vous, vous n'êtes pas du coin, fit enfin la momie.

— Non, je suis parisien.

— En vacances ?

— En quelque sorte.

— Vous allez mieux ?

— Oui, merci.

— L'air est bon, ici. Vous guérirez vite.

Sa voix grave était un peu rauque, comme enrouée par un mal de gorge.

— Peut-être. Mais je pars dans trois heures. Je rentre à Paris.

— Ce n'est pas prudent de voyager dans votre état.

— Je n'ai plus envie de rester ici.

La main gantée de noir se déploya vers les cimes glacées.

— Il ne vous plaît pas, ce beau paysage ?

— Si, bien sûr. Mais j'en ai assez.

La momie tourna sa tête enturbannée vers moi. Je crus déceler un regard clair et vif au-dessus d'un des bandeaux. Elle ne me posa plus de question, ne voulant sans doute pas paraître indiscrète.

Mais je brûlais de parler, de me libérer du poids de ma défaite. J'avais besoin d'un témoin pour me débarrasser de ce fardeau d'amertume. Ce monsieur mystérieux à la voix cassée ferait parfaitement l'affaire.

— Voulez-vous que je vous raconte ce que je suis venu faire ici, et pourquoi je m'en vais ? dis-je à la momie, comme si je lui proposais deux doigts de porto.

Elle inclina sa toque d'avant en arrière.

— C'est une histoire un peu triste, je vous préviens.

— Une histoire de cœur ?

Je ne pus m'empêcher de rire.

— Oui, une histoire de cœur. Je suis venu ici rencontrer une dame qui refuse de me recevoir. J'ai tout essayé. En vain. Pourtant, je ne lui veux aucun mal. Je désire simplement lui parler.

La momie hocha la tête, m'invita à continuer.

– Mais c'est trop tard, voyez-vous. Je ne peux plus attendre. Je suis fatigué, malade. Je veux rentrer chez moi.

– Pourquoi teniez-vous tant à rencontrer cette dame ? demanda la momie.

Comme c'était bon de parler, d'ouvrir les vannes des mots bloqués en amont du barrage ! Tout sortit, tout fila, comme l'eau joyeuse du torrent dont le fracas assourdi par la neige montait jusqu'à nous à travers les sapins.

– J'ai été transplanté du cœur l'année dernière. Ma vie a beaucoup changé depuis. À un tel point que j'ai voulu connaître l'identité de mon donneur. C'était une jeune femme extraordinaire. Une restauratrice de tableaux anciens. J'ai su qu'elle avait passé quelques semaines ici, peu avant sa mort, chez cette dame qui refuse de me recevoir.

La momie se mit à tousser si fort que je craignis qu'elle ne tombât du banc. Je la regardai, effrayé, tandis qu'elle courbait le dos sous la violence des quintes.

– Excusez-moi, haleta-t-elle d'une voix plus rauque encore.

– Ça va aller, monsieur ? lui demandai-je.

– Oui, merci. Comme vous, je me remets d'une sale maladie. La mienne est un cancer. Je viens de passer plusieurs mois au sanatorium de Davos. On m'a enlevé la moitié d'un poumon et une partie des cordes vocales, d'où cette voix affreuse. Continuez votre histoire de cœur, je vous en prie. Savez-vous pourquoi cette dame ne veut pas vous voir ?

– Elle doit se douter que c'est à cause du tableau. On l'embête beaucoup, avec ce tableau.

– Quel tableau ?

– Un tableau qu'avait restauré mon donneur lors de son séjour ici. Une œuvre de la plus grande valeur, d'après elle. La dame avait, dans un premier temps, donné son accord pour la faire expertiser par des spécialistes. Mais elle s'y opposa après la mort de la jeune femme dans un accident de voiture. Nombre de gens importants ont essayé de la faire changer d'avis. En vain. Et moi, je suis venu ici, naïvement, en pensant que j'allais y arriver. Ridicule, non ?

La momie s'étrangla à nouveau. La pointe de son nez se fit violette. Elle se leva brusquement, l'échine pliée en deux. Je pris son bras et nous fîmes le tour de la clairière jusqu'à ce que sa toux se calme enfin.

– Voulez-vous que je vous raccompagne chez vous ? lui demandai-je. Habitez-vous loin ?

Je dus lever la tête pour la regarder dans les yeux. Les prunelles grises étudièrent mon visage fatigué, mes paupières gonflées.

– Je veux bien, dit la momie. Mais allons-nous seulement y arriver ?

– Nous allons essayer, monsieur.

Nous descendîmes cahin-caha le long du sentier, en laissant la clairière derrière nous.

– J'aime bien cet endroit, lui confiai-je. Je l'ai découvert par hasard. Mais je suis certain que mon donneur y venait souvent, qu'elle s'asseyait sur ce banc – pardon, *votre* banc – et qu'elle admirait la nature splendide.

La momie pesait lourd sur mon bras. Stoïque, je serrais les dents. De temps en temps, nous nous arrêtions pour reprendre notre souffle.

– De quoi souffrez-vous à présent ? me demanda la momie.

Je lui expliquai ma récente crise de rejet.

– Nous formons une belle paire ! fit-elle.

– Sommes-nous encore loin ?

– Non, c'est par là, à droite. Plus que cinq minutes.

Elles furent un véritable supplice. Nous dûmes monter une petite côte qui manqua de nous achever. Je voyais trouble. La transpiration coulait sur mes paupières. Dire que je m'étais imaginé capable de prendre le train pour faire un voyage de dix heures ! Rien que de retourner chez Frau Hartmann me paraissait à présent impensable.

– Nous y sommes, annonça la momie.

Je regardai par-dessus son épaule. Surgit la masse noire du chalet Landifer.

– Vous habitez là ? bégayai-je.

– Oui.

Je contemplai mon compagnon de marche avec stupeur. Qui diable était cet homme à la voix rauque ?

– Je… je croyais que le baron Landifer était mort.

– Il l'est, en effet. Depuis un demi-siècle environ.

La momie ôta sa toque et déroula son écharpe.

Apparut un visage de vieille dame, magnifique de finesse et de régularité. Elle souriait en découvrant des dents étonnamment blanches.

Je mis quelques secondes à comprendre qu'il s'agissait de la baronne Landifer.

– Venez, Bruce Boutard. Entrez donc avant de perdre connaissance.

Encore sous le choc, je la suivis dans un escalier en colimaçon, en haut duquel s'ouvrit une pièce dotée d'une grande baie vitrée. Autant le chalet Landifer était sombre de l'extérieur, autant à l'intérieur il était tout lumière. Ce fut un tel éblouissement que mes yeux eurent du mal à distinguer les meubles. Peu à peu, je découvris des canapés et des fauteuils vert menthe, des murs blancs, puis des bibliothèques garnies de livres reliés.

Ce n'était pas une maison d'octogénaire. Tout y respirait la jeunesse, la couleur, la joie de vivre. Les vieux s'encombrent habituellement d'objets, de bibelots, de souvenirs poussiéreux. Mais la vieille dame qui habitait ici devait mépriser la nostalgie du passé : pas de photographies d'enfants, de petits-enfants, d'arrière-petits-enfants. Aussi avait-elle invité le ciel, les sommets blancs, les sapins poudrés à s'installer dans son chalet, à constituer l'essentiel d'un décor sobre et grandiose, sans fioritures. Aux murs, je vis quelques toiles anciennes, des aquarelles, puis un portrait de femme. L'Ucello de Constance.

C'était le profil d'une jeune fille au teint éclatant, au menton gracile, au cou de cygne, dont la paupière abaissée laissait filtrer un regard clair. Ses cheveux blonds étaient noués d'un bandeau brodé de perles, un fin collier ceignait son long cou, et, sur la manche de sa robe bleu roi et bordeaux, d'une étoffe épaisse,

228

brillait un écusson doré. Quelques mots étaient inscrits en bas du tableau. Je ne parvenais pas à les déchiffrer sans mes lunettes.

— Notre Constance a fait du beau travail, n'est-ce pas ? murmura la baronne.

J'acquiesçai. La servante, Dolorès, nous apporta du chocolat chaud dans des mugs de faïence vert et bleu.

— Cette clairière que vous aimez tant... dit la baronne de sa voix d'homme à laquelle je m'habituais, Constance et moi allions nous y promener chaque jour, après le déjeuner. Nous nous asseyions sur ce banc, et nous parlions. Constance se confiait à moi.

— Vous a-t-elle tout dit de sa vie ?

Elle termina son chocolat.

— Vous voulez parler du bébé, je suppose ? Elle était déjà enceinte lorsqu'elle est venue ici, même si elle ne l'a su que plus tard. Elle m'a beaucoup parlé du père de l'enfant, Valombra. L'avez-vous rencontré ?

— Oui.

— C'est un lâche, un poltron, le genre d'homme qui reste avec sa femme pour sauver les apparences. Je connais bien cette espèce. Constance a eu raison de le quitter. Elle n'allait tout de même pas jouer *Back Street* toute sa vie.

Elle eut un sourire ironique.

— Je ne l'ai jamais laissé franchir le seuil de ce chalet. Son expert, Graziani, non plus d'ailleurs. Ils ont tout essayé, les fleurs, les mots doux, les menaces, les télégrammes... Quant au conservateur des Offices, n'en parlons pas. Quel crétin, ce Ruspolini, avec ses mocassins vernis dans la neige !

– N'avez-vous pas envie de faire expertiser le tableau ? Savoir s'il s'agit vraiment d'un Ucello ?

La baronne fit la moue.

– J'aurais peut-être accepté si Valombra s'était montré moins empressé. Mais tout en lui m'a déçue. Surtout sa faiblesse vis-à-vis de la petite. Dites, ce n'est pas lui qui vous envoie ?

– Non. Je suis venu de mon propre gré.

– Vous étiez avec une jeune femme, à votre première visite. Je vous ai vus par la caméra de surveillance.

– C'est Joséphine, mon amie, qui est repartie. Elle pensait que je ne parviendrais jamais à vous rencontrer.

– Il s'en est fallu de peu, en effet.

– J'ai sonné trois fois, pourtant. Je vous ai laissé un message sur le répondeur. Je songeais même à vous écrire.

– Je sais. Je vous regardais par la fenêtre. J'ai eu votre message. J'ai retenu votre nom. Mais je craignais que vous ne fussiez envoyé par Valombra ou Graziani. Ils m'ont tant harcelée pour ce tableau !

– Je n'allais pas dire à l'interphone qu'on m'avait greffé le cœur de Constance !

La baronne sourit à ma véhémence.

– C'est vrai. Mais vous êtes là maintenant, et vous devez me comprendre. Ce portrait est tout ce qu'il me reste de Constance. Qu'il soit un Ucello ou non m'importe peu. Valombra a son bébé. Vous, vous avez son cœur. Moi, je n'ai que lui. Vous ne trouvez pas que Constance ressemblait au modèle de la toile ?

J'étudiai le portrait. Mais je n'avais jamais vu le profil de Constance.

La baronne fit un « O » de ses lèvres fines.

– C'est vrai ! J'oubliais… Vous ne l'avez pas connue…

Je regardai ma montre. Mon train partait dans deux heures.

Comme si elle lisait dans mes pensées, la baronne dit :

– Laissez tomber votre train, voulez-vous ? Partez demain. Votre Joséphine vous attendra un jour de plus. Je vous invite à passer la soirée avec moi. Ne refusez pas… Cela fait si longtemps que je n'ai pas eu un homme à dîner !

Pandora Landifer avait dû être très belle, car à quatre-vingts ans elle l'était encore. J'essayais de l'imaginer jeune, en amazone au corps d'athlète, les mains aussi larges que celles d'un homme. Elle devait skier comme une déesse, nager comme un poisson. En dépit de sa carrure, elle restait féminine, et à en juger par ses yeux gris, un peu bridés, sa denture superbe, ses épais cheveux coupés au carré, elle avait dû faire rêver. Seules deux choses trahissaient son âge : ses mains, comme gantées d'un tissu de crêpe tacheté par le soleil, et son cou ridé, balafré d'une vilaine cicatrice, séquelle de son cancer.

Durant le dîner – potage de légumes, poulet au citron, riz basmati et compote de pommes – servi par la silencieuse Dolorès, la baronne me raconta la venue de Constance au chalet Landifer.

– Elle devait restaurer un autre tableau. Mais la première chose qu'elle remarqua en arrivant ici, c'était ce portrait de jeune femme. Je l'avais hérité d'un vieil oncle italien. Je la revois encore… Elle semblait très intriguée. Elle demanda à décrocher le portrait du mur, puis elle s'approcha de la baie vitrée afin de le regarder à la lumière du jour. Avec ma permission, elle l'emporta dans sa chambre transformée en atelier afin de l'examiner de plus près. Je lui accordai la permission de le restaurer. Nous nous sommes dit bonsoir. Le lendemain, elle me fit part de ses intuitions.

La voix particulière de Pandora Landifer se prêtait bien à l'histoire du petit portrait. Elle parlait lentement, s'interrompait parfois pour avaler une bouchée de riz ou une gorgée de vin. J'étais suspendu à ses lèvres.

Elle me raconta qu'afin de pouvoir nettoyer le portrait, Constance l'avait placé sur son chevalet, puis avait braqué une lampe sur lui. Il lui fallait d'abord comprendre sa texture afin de ne pas altérer sa surface avec un solvant trop puissant. Un moment de réflexion capital : faire travailler la tête et les yeux, avant les mains.

Elle effleura ensuite de ses doigts la surface du tableau, le retourna, examina le panneau. Détrempe sur bois… Un des supports attitrés des maîtres du Quattrocento… Le tableau était-il si ancien que cela ? Il semblait presque intact. Ses prunelles étudièrent chaque détail. Constance avait vu passer tant de copies ! Un engouement pour la Renaissance n'avait-il pas fait naître un florilège de pastiches habiles en Italie au siècle dernier ?

Malgré sa saleté, elle trouva l'état de conservation du tableau remarquable. Sans doute était-ce l'épaisseur du vernis qui avait ainsi préservé la matière picturale. Constance le palpa, le frotta d'un index humecté de salive ; puis elle prépara son matériel : coton, pinceaux et fioles. Sous ses mains de magicienne, le tableau perdit sa couche brunâtre. Le contour du visage s'accentua, reprit vie tandis qu'elle progressait. Une femme… Coiffée à l'ancienne… À l'italienne. Cette peinture était d'époque ! Dans quel atelier avait-elle vu le jour ? Mais Constance savait bien qu'il était trop tôt encore pour se lancer dans une attribution. Tant d'erreurs naissaient d'une exaltation précoce !

Le profil de la femme gagnait peu à peu en délicatesse, en transparence. Constance l'avait imaginée âgée, tant ses traits gris, ses joues boursouflées et flétries semblaient marqués par l'avancée du temps. Mais plus elle la débarrassait de sa croûte de crasse, de son vernis pisseux, plus la femme perdait en âge, et ce fut une toute jeune fille qui se découvrit enfin à elle.

Constance ressentit une excitation étrange malgré sa retenue. Elle passa une grande partie de la nuit penchée sur le tableau, en chassant chaque trace de gras et de poussière avec précaution. Elle devait à présent s'attaquer au fond de la toile. Il s'agissait d'un noir qui, une fois nettoyé, tirait vers un vert sombre. Il mettait en valeur la blondeur de la jeune fille et sa robe bleu et bordeaux.

Puis des lettres apparurent comme par enchantement en bas du portrait tandis que Constance délogeait l'épaisse couche de vernis jaunâtre. Elle frotta encore. Enfin, elle put lire à haute voix :

ANIMA. VGIELLIN. A. PAVLI. OPERA.

Mille questions l'assaillirent. Qui avait peint ce tableau ? Que signifiait cette inscription en latin ? N'avait-elle pas mis la main sur quelque chose de capital ? Son cœur battait fort ; sa respiration était haletante. Longtemps, elle contempla le portrait de la jeune fille, puis, fourbue, elle se coucha peu avant l'aube. Le lendemain, quand elle ouvrit les yeux, le panneau, séché, l'attendait. Il brillait de toutes ses couleurs retrouvées.

Assise dans son lit, Constance osait à peine respirer. Ce profil si pur, ce bandeau élaboré, elle les connaissait ; cette peau blanche, presque translucide, la finesse des paupières, ce long cou ivoirin, cette blondeur, aussi. Elle s'approcha, admira les teintes ravivées par ses soins, le jeu des ombres et des lumières, la gracilité des traits de la jeune fille. Ce portrait était l'œuvre d'un maître. Elle en était sûre, à présent. Mais lequel ?

Elle songea tout de suite à Paolo Ucello. Elle avait passé tant d'heures penchée sur *La Bataille de San Romano* à redonner vie à ses couleurs, à insuffler une nouvelle jeunesse au talent de l'artiste qu'elle aurait reconnu sa patte entre mille. Plus elle étudiait le portrait, moins elle avait de doutes. Cependant, trop lucide pour se laisser aller à une fébrilité qu'elle aurait pu regretter plus tard, Constance se força à garder la tête froide.

Ne fallait-il pas, avant toute chose, montrer ce portrait à un spécialiste ? Elle ne connaissait qu'une seule personne capable de donner un avis sur le tableau : le professeur Graziani, expert du Quattrocento, avec lequel elle avait déjà travaillé. Comment convaincre Pandora ? Elle connaissait son aversion pour antiquaires et experts.

La baronne souriait, les yeux perdus dans le vague. Nous avions fini notre repas. Nous passâmes au salon. Dolorès apporta des tisanes.

– La petite n'eut aucun mal à me convaincre d'accepter la visite du professeur Graziani. Rendez-vous fut pris. J'étais séduite par son enthousiasme. Elle était si charmante, Constance. Si touchante. Elle était comme la fille que je n'avais jamais eue… Ou plutôt la petite-fille que mes imbéciles de fils n'ont pas été capables de me donner. « Imaginez, si c'est un Ucello ! me disait-elle. Vous le donnerez aux Offices, n'est-ce pas, Pandora ? C'est là qu'il doit être, avec la *Bataille*. Imaginez ce don magnifique que vous ferez à l'Italie, l'accueil qui lui sera réservé ! »

Le visage de Pandora Landifer se creusa soudain. Le poids des années altéra son sourire. C'était une vieille dame qui me faisait face, à présent ; une arrière-grand-mère affaiblie par la maladie. Sa voix n'était plus qu'un rauque chuchotis.

– À la mort de la petite se réveilla un cancer contre lequel je m'étais autrefois battue. Il fut sans pitié. J'annulai la visite de l'expert. Tout le monde me donnait déjà pour morte. Mes fils commençaient à se disputer l'héritage. Mais, comme vous le voyez, je suis toujours là. Mon heure n'était pas encore venue. C'est triste et difficile, la fin d'une vie. On se raccroche à ce qui reste, tout en espérant la mort, la délivrance. Mais on ne sait pas où on va, ce qui nous attend. Cela fait peur. J'ai parfois l'impression d'avoir un pied dans la tombe, et l'autre encore dans la vie…

Il faisait chaud dans le chalet. Je n'entendais plus très bien la baronne. Le poulet au citron, pourtant léger, me restait sur l'estomac.

Je réalisai que je n'étais pas bien. C'étaient les mêmes symptômes qu'à Florence : faiblesse, étourdissements. Ma bouche était sèche, je suais à grosses gouttes ; ma chair devint flaccide, mes os mous, mes articulations se dénouèrent, gagnés eux aussi par la somnolence. Ma tête tomba doucement en avant.

Je perçus la voix de la baronne de très loin. M'appelait-elle d'un autre étage du chalet ? Je sentis pourtant ses mains sur mon visage, son souffle sur mes joues.

Mais j'étais incapable de lui répondre.

Je me réveillai au lit, vêtu d'une liquette d'homme d'une autre époque, dans une chambre aux tentures lavande.

Devant moi, par la fenêtre, une vue splendide sur la montagne. Il faisait jour et le soleil brillait.

Je pensais m'être reposé depuis une douzaine d'heures, mais, lorsque j'effleurai mon menton de la paume de ma main, je m'y découvris une barbe de plusieurs jours. Je regardai mes mains, dont les ongles avaient été coupés ras. On m'avait enlevé ma montre. Combien de temps avais-je gardé le lit ?

La baronne lisait à mon chevet un roman de Henry James. Je l'observai à son insu, puis je lui demandai où je me trouvais. Elle sursauta en entendant le son de ma voix, et posa son livre, soulagée.

– Vous êtes toujours à Landifer.

– Depuis combien de temps ?

– Cela va faire une semaine, monsieur Boutard.

– Une semaine ! m'écriai-je en caressant ma nouvelle barbe.

– Vous m'avez fait une peur bleue en tombant dans mon salon comme une masse, et plus encore lorsque, en revenant à vous, nous avons constaté que vous aviez perdu la mémoire… Dieu merci, vous voici de retour parmi nous, monsieur Boutard !

– Vous pouvez m'appeler Bruce.

Elle abaissa son lourd casque de cheveux blancs.

– Soit. Je suis flattée. Je me sens proche de vous depuis que je vous veille jour et nuit comme une mère. Mais en retour, appelez-moi Pandora… fit-elle en prononçant son propre prénom avec une délectation gourmande.

– Pouvez-vous me dire ce que j'ai, Pandora ?

– Votre grand professeur dit qu'il s'agit d'une nouvelle crise de rejet, plus forte que la précédente. Il faut vous reposer encore, prendre vos médicaments. Puis l'on vous ramènera à Paris. Le professeur a ordonné que vous restiez ici pour le moment. Il parle tous les jours au Dr Nadelhoffer, mon médecin personnel de Klosters, qui passe vous voir chaque matin. Vous êtes dans de bonnes mains. Avouez que c'est tout de même plus agréable d'être dans un chalet confortable que dans une clinique !

J'accueillis ces nouvelles avec résignation. La baronne avait raison ; j'étais mieux chez elle qu'à l'hôpital. Mais Joséphine me manquait. Mathieu également.

Mon estomac émit un gargouillis peu discret. Le sourcil gauche de la baronne se cambra.

– Avez-vous faim, Bruce ? Que diriez-vous d'un bortsch ?

Elle proféra avec brio ce mot qui m'était inconnu, puis sourit de mon silence embarrassé.

– C'est une soupe russe à base de choux et de betteraves, précisa-t-elle. Dolorès la réussit bien.

La baronne appuya sur une sorte de petite télécommande sur la table de nuit.

– C'est ainsi qu'on appelle Dolorès. Elle porte sur elle un appareil spécial qui vibre quand on l'actionne. Si vous avez besoin d'elle, c'est ce que vous devez faire.

Une minute plus tard, Dolorès se montra sur le pas de la porte. La baronne lui adressa quelques signes précis, et elle hocha la tête avant de s'effacer.

– Elle vous apportera votre repas d'ici peu. En attendant, reprenez des forces. Joséphine va bientôt téléphoner. Votre fils également. Ils seront contents de pouvoir enfin vous parler.

C'était un homme inconnu, amaigri, le visage hâve mangé par une barbe poivre et sel que je découvris dans un miroir à main prêté par Pandora. Le Dr Nadelhoffer passa me voir dans l'après-midi. Préoccupé par mon état, il songeait à me faire transporter à la clinique de Davos. Mais la baronne s'y opposa farouchement. Chaque déplacement était risqué. Le professeur l'avait précisé. Elle s'occuperait de moi. Elle y tenait.

Devant cette femme, je n'eus plus droit à la pudeur. Une aide-soignante venait faire ma toilette tous les matins, sous l'œil autoritaire de la baronne qui connaissait chaque centimètre de mon corps émacié par la maladie. La vue de mes reins dénudés éveillait-elle chez Pandora d'anciennes ardeurs ? Je l'en soupçonnais parfois. Il lui arrivait de poser la main sur moi d'un geste affectueux et possessif. Elle quittait rarement mon chevet.

Mon état semblait stationnaire. J'étais abattu, triste, et je ne faisais que dormir. Dolorès se désolait de rapporter dans sa cuisine des plateaux entiers de mets délicieux à peine entamés. La baronne, soucieuse, ne savait plus quoi inventer pour me rendre le sourire. Elle me faisait écouter du Mozart, me lisait des poèmes de Baudelaire, me montrait d'anciens albums de photographies jaunies par le temps où on la voyait sur la plage du Miramar à Biarritz. Même la vue de Pandora en maillot de bain ne parvenait pas à m'arracher à ma torpeur. Les jours passaient, et je sombrais dans une léthargie quasi permanente.

Il me sembla un jour que le téléphone sonnait beaucoup. Du tunnel cotonneux où je flottais, je flairai un louche remue-ménage. La baronne s'agitait, fébrile. Puis une main se posa sur la mienne, et une voix familière me fit ouvrir les yeux.

C'était Mathieu, penché sur moi, le sourire inquiet.

– J'ai voulu vous faire une surprise, expliqua Pandora.

Mathieu me toisa de son regard bleu. Il avait changé pendant ces quelques semaines, mais je ne parvenais pas à en définir les raisons.

– La baronne Landifer m'a offert un aller-retour en avion, dit-il. Tu penses, je n'ai pas hésité une seconde. J'ai tout laissé tomber pour être avec toi. Même mes révisions !

La baronne nous quitta :

– Je crois que vous avez beaucoup de choses à vous dire.

– Ah, ça oui ! Joséphine n'a rien voulu me raconter.

La vue de mon fils me transportait de bonheur. Comme il m'avait manqué ! Je me sentis revivre.

– Ça te va pas mal, la barbe. Je voudrais te ramener avec moi à Paris. Tu ne vas pas rester ici. Joséphine se fait un sang d'encre. Elle dit que la baronne ne veut plus te laisser partir. (Mathieu baissa la voix.) Quelle bonne femme, tout de même… Elle a dû être canon. Et son chalet ! C'est le grand luxe. Comment l'as-tu connue, cette baronne ? Et que faisais-tu chez elle lorsque tu as eu ton malaise ?

– C'est à cause de Constance Delambre.

Le front de Mathieu se plissa.

– Constance Delambre ? Une autre de tes petites amies ?

– Elle est bien plus qu'une petite amie.

– Joséphine est-elle au courant ?

– Bien sûr.

– Elle n'est pas jalouse ?

– Pas du tout.

– Ça alors…

Il semblait mystifié.

– Constance habite ici, avec la baronne ?

– Plus maintenant.

– Où est-elle ?

– Elle est morte.

Mathieu me regarda sans comprendre.

– Constance avait du cœur, lui dis-je avec une certaine emphase. Beaucoup de cœur.

Il ne disait toujours rien. Puis tout à coup, il bondit.

– Son cœur ! Ta greffe ! Tu as son cœur… Un cœur de femme ! C'est incroyable…

– Regarde bien le petit portrait au-dessus du canapé quand tu descendras tout à l'heure au salon. Je vais te raconter son histoire, et celle de Constance. Qui sait ? Tu vas peut-être pouvoir m'aider. Approche-toi… Écoute…

Mathieu s'allongea sur le lit. À la fin du long récit que je lui chuchotai à l'oreille, il se redressa. Tout cela lui parut passionnant. Quelle extraordinaire histoire ! fit-il. Il fallait coûte que coûte que la baronne accepte de faire expertiser le tableau.

– Et si possible pendant que je suis encore ici, lui dis-je.

Mathieu sauta du lit. Il ne portait ni catogan ni lunettes, remarquai-je tout à coup. Voilà pourquoi il m'avait semblé différent.

– Qu'en penses-tu ? demanda-t-il. Je suis allé chez le coiffeur, et l'ophtalmologiste m'a prescrit des lentilles.

Où était passé l'adolescent un brin « hippie » que j'avais laissé à Paris ? me dis-je, sidéré par son apparence de séducteur. Je le regardai, médusé, m'annoncer avec un large sourire qu'il allait descendre voir l'Ucello et la baronne.

Puis il quitta la chambre avec la démarche chaloupée de Richard Gere dans *American Gigolo*.

Pandora Landifer était enchantée d'héberger le tandem Boutard sous le toit pentu de son grand chalet. Belle trouvaille ! Seule ombre au tableau : le premier était en âge d'être son petit-fils, le deuxième son arrière-petit-fils. Mais n'avait-elle pas toujours préféré la jeunesse, se réconforta-t-elle. Foin de crânes chauves et de virilités défaillantes !

Lorsque je pus me lever, Pandora fit dresser en notre honneur une table de fête. Exhumée des entrailles du chalet, l'argenterie Landifer brillait de tous ses feux à la lumière des bougies dans les candélabres. Un opéra de Mozart émanait de haut-parleurs dissimulés. La baronne apparut en tailleur-pantalon noir, avec des anneaux dorés de Gitane à chaque oreille. Ses yeux bridés maquillés d'un trait de khôl ressemblaient à ceux d'un félin. Elle semblait avoir vingt ans de moins que son âge.

Mathieu déployait une approche feutrée de la baronne, un sens de la nuance qu'il ne tenait pas de moi. Il irait loin, me dis-je, fier de son élégance, de sa distinction. Avec la baronne, il était aux petits soins ; c'était « Pandora » par-ci, « Pandora » par-là. N'en faisait-il pas trop ? me demandai-je avant de renouer avec l'émerveillement que j'avais toujours ressenti devant l'érudition de mon fils. Bouche bée, je l'écoutai parler de Mozart avec l'assurance d'un mélomane averti.

— Bien entendu, Walter-Haskil-Schwartzkopf, c'est le trio mozartien de rêve ! Mais, voyez-vous, j'ai une préférence pour une approche plus humble de la musique de Mozart. Ne trouvez-vous pas, Pandora, qu'elle ressemble avant tout à la vie ? Elle est à la fois gaie et triste, optimiste et pessimiste, vivace et morbide. Il ne faut pas négliger cette ambivalence. La vie est ainsi. C'est facile de passer du bonheur au malheur, du malheur au bonheur. Mozart le fait avec génie. Et certains des très grands, chefs ou solistes, murés dans leur réputation brillante, l'ont hélas oublié.

La baronne buvait ses paroles comme du petit-lait. De temps en temps, elle se retournait vers moi pour me demander mon avis, comme si elle désirait comparer père et fils. Mathieu venait à ma rescousse avec habileté pour que je ne me trouve pas à court d'arguments. Il m'incitait à parler, me devançait là où je pouvais trébucher, comblait mes lacunes avec ingéniosité, renforçait ainsi les maillons de notre complicité. Je me couchai fort tard, la bouche sèche d'avoir tant parlé.

Mathieu partit se promener avec la baronne le lendemain. À leur retour, Pandora affichait un faciès songeur, et Mathieu avait une drôle de lueur dans les yeux.

Quelques jours plus tard, le Dr Nadelhoffer daigna esquisser un sourire parcimonieux en m'auscultant. Deux semaines encore, et j'allais pouvoir repartir pour Paris, mais je devais, une fois arrivé, continuer à me reposer. Mathieu jubilait. Joséphine, prévenue par téléphone, aussi. Seule Pandora accueillit cette nouvelle avec tristesse.

— Vous allez me manquer, me confia-t-elle.

Mathieu, quant à lui, quittait Serneus le lendemain pour passer ses examens. Pandora avait-elle enfin accepté de faire expertiser le tableau ? lui demandai-je, tant il m'avait donné l'impression, pendant son court séjour, d'avoir œuvré en silence à convaincre la baronne. Mais il coupa court à ma question.

Au cours de ce dernier dîner, Mathieu se fit moins savant, moins brillant, plus sentimental. Il questionna la baronne sur son passé, sa famille. Elle se livra avec gentillesse, sans jamais se montrer ennuyeuse. Elle nous parla de sa vie de jeune mariée.

Née Pandora Albrizzi, elle ne s'était pas encore débarrassée de son accent italien quand elle se maria, à dix-neuf ans, à l'île Maurice, où les Landifer possédaient une grande propriété et une usine sucrière. Elle mit un certain temps à se faire accepter par le clan fermé des Mauriciens blancs qui régnaient sur l'île. Ses fils furent bercés par le rythme lancinant des « séga » qu'on chantait sur la plage à la tombée de la nuit. Ils grandirent dans l'ombre d'une bâtisse coloniale nichée dans les hauteurs d'un paradis tropical aux noms de lieux évocateurs : Trou-aux-Biches, Belle-Mare, Roche-Noire, Pointe-aux-Piments.

Puis elle nous raconta ses années d'avant-guerre au Pays basque, dans une villa à colombages qui dominait la plage de la Chambre-d'Amour, près de Biarritz. Au volant de sa Bugatti, après un bal costumé au château d'Arcangues ou à la Villa Belza, Pandora et sa bande allaient faire une virée sur les hauteurs brumeuses de la frontière espagnole. Ils soupaient comme des rois pour trois sous dans des auberges de contrebande appelées *ventas*, pour rentrer « ivres morts » au petit matin. C'était une époque dorée où les fêtes battaient leur plein, où le champagne coulait à flots, où le casino ne désemplissait pas.

Lorsque la guerre éclata, la vie de Pandora, comme celle de tant d'autres, bascula. Édouard Landifer, son époux, entré dans la Résistance, fut arrêté à Paris et déporté. Il mourut du typhus, dans un camp de concentration, peu avant la Libération. Veuve à trente ans, mère de trois fils dont l'aîné n'avait pas dix ans, Pandora dut tout réapprendre.

Dans ce Paris chamboulé où les blessures laissées par la souffrance et la mort subsistaient toujours, Pandora Landifer prit son destin en main, elle qui n'avait jamais travaillé. Ses fils confiés à une « nounou » mauricienne, Pandora fut tour à tour vendeuse dans un grand magasin, dame de compagnie, professeur d'italien, modèle pour artistes peintres, garde d'enfants, mannequin de cabine pour un couturier célèbre. Elle endossa ses nouvelles responsabilités avec naturel et énergie. La famille Landifer, outrée, ne comprenait pas comment la veuve d'Édouard pouvait se comporter ainsi. Une femme de son rang se devait de souffrir en silence, de rester dans l'ombre, comme une religieuse prend le voile.

Mais Pandora Landifer avait la beauté du diable, et un amour ardent de la vie et des hommes. De ce chapitre précis de sa vie, elle ne nous dit rien, mais Mathieu et moi devinâmes à son sourire nostalgique qu'elle avait dû beaucoup aimer, et beaucoup donner.

Au seuil de la cinquantaine, après une longue villégiature à Davos pour cause de poumons déjà consumés par la maladie, elle eut le coup de foudre pour un chalet abandonné. Il surplombait un village au nom imprononçable sur la route de Landquart. C'était une ancienne ferme qu'elle acheta pour une bouchée de pain.

C'était là qu'elle souhaitait vieillir, à l'abri de la pollution, du bruit, des autres. Car, en prenant de l'âge, la baronne devenait difficile. La « tribu » Landifer l'exaspérait, ses fils en premier. Ici au moins elle aurait la paix. Entourée de ses tableaux, de ses livres, de la musique de Mozart, elle pouvait mourir tranquille.

Mathieu l'écoutait, subjugué. Jouait-il la comédie, ou était-il comme moi envoûté par cette voix grave qui déterrait un passé enfoui, une nuée de souvenirs pimentés d'images et de parfums d'une époque lointaine ?

Au petit déjeuner, j'avais trouvé Mathieu pâle. Il parlait peu, et il avait la voix épaisse de ceux qui n'ont pas fermé l'œil de la nuit. La baronne, quant à elle, dormait encore. Je m'étais couché vers minuit, en les laissant tous deux au salon.

– Alors ? hasardai-je sur le pas de la porte, tandis que mon fils s'apprêtait à quitter le chalet. Le train qui devait l'emmener à l'aéroport de Zurich partait à neuf heures. Mathieu étouffa un bâillement :

– Elle fera expertiser le tableau.

– Tu en es certain ?

– Sûr et certain.

– Mais comment as-tu fait ? fis-je, stupéfait.

Il passa une main nonchalante dans ses cheveux drus.

– Oh, tu sais… Un peu de persuasion… Un peu de charme… Je n'ai pas eu trop de mal.

Je trouvais son sourire étrange :

– Mathieu ! grondai-je. Tu n'as tout de même pas…

Mon fils se redressa. Il posa sur moi un regard mi-amusé, mi-contrit.

– Mais enfin, papa ! Tu as perdu la boule ? Elle a quatre fois mon âge.

Il s'en alla le long du chemin enneigé après m'avoir planté un baiser sonore sur le front et m'avoir fait promettre de rentrer vite. Je levai les yeux, vis la baronne, vêtue d'un kimono rose, le suivre du regard par la fenêtre de sa chambre. L'expression rêveuse qui marquait sa figure fit renaître tous mes soupçons. Ses traits semblaient empreints d'une tendresse inattendue ; son sourire, aussi mystérieux que celui de Mathieu. Mon sang ne fit qu'un tour.

Elle était d'une humeur exécrable lorsqu'elle fit son apparition à l'heure du déjeuner. Elle se cogna aux meubles, jura en italien, fit tomber des objets, et houspilla Dolorès qui rasait les murs, le visage farineux de crainte. Pandora m'adressa à peine la parole. Étais-je devenu l'homme invisible ? Nous déjeunâmes dans un silence crispé. Je ne la vis pas de l'après-midi. Puis la baronne poussa le vice jusqu'à me faire dîner devant la télévision et de m'infliger l'*Inspecteur Derrick* en allemand. La dernière bouchée avalée, elle se retira dans ses appartements avec la dignité offensée d'une tragédienne grecque.

Son manège dura vingt-quatre heures. Je restai terré dans ma chambre pour fuir l'orage. Mathieu avait dû se tromper : jamais elle n'accepterait de montrer le tableau. Mais le lendemain, apaisée, elle me parla avec chaleur et gentillesse. Son élégance m'étonna. Elle portait une jupe droite, un chemisier en soie et un cardigan à boutons dorés. Le parfum « Vétiver » flottait dans la pièce. Dolorès s'affairait avec une effervescence inhabituelle. Je commençais à trouver tout cela bizarre.

À onze heures retentit la sonnerie de l'interphone. L'écran de contrôle afficha deux silhouettes masculines. À ma grande surprise, Pandora les fit monter sans leur dire un mot. Des pas lourds grimpèrent l'escalier en colimaçon. Apparut une tête brune, un visage familier et barbu : Lorenzo Valombra, suivi d'un homme aux cheveux blancs.

Lorenzo me regarda avec une telle stupeur qu'il en oublia de saluer la baronne.

– Vous vous connaissez, semble-t-il, fit Pandora, glaciale.

– Oui, en effet, se reprit Lorenzo. Bonjour, madame ; bonjour, Bruce. Je vous présente le professeur Graziani.

Nous échangeâmes des poignées de main solennelles. La baronne nous fit signe de nous asseoir. Dolorès apporta du café. Nous bûmes en silence. Pandora ne fit pas le moindre effort pour mettre ses visiteurs à l'aise. Sous cape, elle m'adressa un clin d'œil complice.

Le tableau avait disparu du mur, remarquai-je alors. À sa place pendait une autre toile. Où diable Pandora avait-elle caché l'Ucello ? Les deux hommes tentaient, aussi discrètement que possible, de localiser le portrait. La pièce était grande et les tableaux aux murs nombreux. Pandora s'amusait tant de leurs vains efforts qu'elle prolongea leur supplice d'un bon quart d'heure.

– Le moment est venu pour vous d'expertiser le panneau, annonça-t-elle enfin d'une voix sinistre.

Elle disparut.

Lorenzo se tourna vers moi. Il semblait agité.

– Bruce, c'est à vous que je dois ceci, n'est-ce pas ? chuchota-t-il.

– À Constance, plutôt, et à Mathieu, mon fils. Mais c'est aussi une surprise pour moi. Je ne m'attendais pas à vous voir ici avec le professeur. Que s'est-il passé ?

– La baronne m'a téléphoné il y a deux jours, très tôt le matin. Elle m'a demandé si je désirais toujours voir le tableau. J'ai dit oui, bien sûr ! Alors elle m'a prié de venir dès que possible avec Graziani. Je n'en croyais pas mes oreilles.

Pandora revint vers nous. Elle portait le portrait dans ses bras comme un nouveau-né. Il était enveloppé d'un sari mauricien. Elle l'installa avec mille précautions sur un petit chevalet. Le professeur Graziani et Lorenzo, aussi immobiles que des statues, ne quittaient pas des yeux l'étoffe orangée qui masquait le portrait.

D'un geste théâtral, Pandora ôta le sari. Apparut le ravissant profil. Les deux hommes s'en approchèrent sur la pointe des pieds, en retenant leur respiration. Ils s'inclinèrent devant le tableau avec la grâce de petits rats de l'Opéra, malgré leur taille et leur corpulence. Puis Lorenzo recula et laissa l'expert faire son travail.

Ugo Graziani garda devant le panneau un silence religieux que personne n'osa troubler. Un long moment s'écoula. Muet, les yeux mi-clos, la bouche pincée, son visage demeura aussi impassible que celui d'un joueur de poker. Mais le tremblement de ses mains trahit son exaltation grandissante lorsqu'il enleva ses lunettes, les remit, les ôta à nouveau. Il but des yeux le tableau maintes fois retourné, examiné, contemplé, comme s'il s'abreuvait d'un élixir de jeunesse éternelle.

– ANIMA. VGIELLIN. A. PAVLI. OPERA ! ANIMA. VGIELLIN. A. PAVLI. OPERA… répéta-t-il à voix basse comme un chant sacré.

Il accompagna ce cantique de génuflexions rythmées qui firent osciller sa panse généreuse.

– Qu'est-ce que cela signifie ? demanda Lorenzo.

Mais Ugo Graziani semblait envolé dans une autre galaxie. Il ne nous entendait plus.

– Incroyable… Incroyable ! murmura-t-il, manquant marcher sur ses lunettes qu'il avait imprudemment laissées par terre.

Pandora s'impatientait.

– Professeur ? Professeur ! aboya-t-elle.

Il la regarda comme s'il la voyait pour la première fois.

– Je voudrais encore du café, s'il vous plaît, lui dit-il enfin.

La baronne maîtrisa avec difficulté son exaspération, et « bipa » Dolorès. Le professeur voulait à présent téléphoner à Florence et parler à l'un de ses collègues. Lorenzo lui tendit son téléphone mobile qu'il emporta avec sa tasse de café dans la bibliothèque, où il s'isola. Ses éclats de voix se faisaient entendre de l'autre côté de la porte, tandis que Lorenzo, Pandora et moi nous nous regardions en chiens de faïence au salon.

– Saviez-vous que Bruce avait été greffé du cœur de Constance ? demanda la baronne à brûle-pourpoint.

Lorenzo me dévisagea. Il déglutit.

– Non, je ne le savais pas.

– Il y a beaucoup de choses que vous ignorez, monsieur Valombra. Je vais vous dire pourquoi je vous ai fait venir jusqu'ici. Graziani a son métier à exercer. Vous, je voulais vous connaître.

Lorenzo se tut, le regard sombre. La baronne continua d'une voix plus sourde et plus fatiguée qu'à l'accoutumée.

– La petite m'a tant parlé de vous ! Elle vous aimait avec passion.

Assister à cette conversation m'embarrassait. Je fis mine de me lever, mais la main de Pandora saisit ma manche avec empressement.

– Asseyez-vous, je vous en prie. Je voudrais que vous soyez témoin, au nom de Constance, de ce que j'ai à dire à M. Valombra.

Sa voix éreintée n'était plus qu'un murmure. J'obéis.

– Si ce tableau est un Ucello, j'en ferai don aux Offices. À en juger par l'agitation de M. Graziani, c'est peut-être le cas. Je ne pourrai pas garder un objet d'une telle valeur chez moi. Mais je voudrais vous expliquer pourquoi j'ai pris cette décision, monsieur Valombra.

Lorenzo la regarda.

– Je vous écoute, madame.

– La petite m'avait annoncé qu'elle attendait un enfant de vous. Elle était folle de bonheur. Mais vous êtes resté avec votre femme. C'est votre choix. Cependant, si je donne ce tableau aux Offices, sachez que ce n'est pas à cause de vous. Vous avez trop fait souffrir la petite. Je ne vous le pardonnerai pas.

Lorenzo se leva, le visage blême.

– J'ai souffert également, madame, marmonna-t-il. Et je souffre toujours.

– Peut-être bien. De toute façon, c'est trop tard, Constance nous a quittés.

Elle posa son regard bienveillant sur moi.

– À votre avis, monsieur Valombra, pourquoi ai-je décidé de me séparer de ce tableau ?

Lorenzo restait muet.

– Je le fais pour Constance. Pour Bruce, qui a hérité de son cœur. Et pour cette petite fille qui ne saura peut-être jamais qui était sa vraie mère, qui sont ses vrais grands-parents. Mais je ne le fais certainement pas pour vous.

Lorenzo se redressa, regarda la vieille dame droit dans les yeux :

– Je saurai expliquer à Florence qui était sa maman. C'est encore trop tôt. Elle est si petite !

– Et les Delambre, monsieur Valombra ? répliqua la baronne. Ils ont perdu une fille ; ne croyez-vous pas qu'il faudra leur annoncer un jour qu'elle leur avait donné un petit-enfant avant de mourir ? Mais en avez-vous seulement le courage ?

– Je ne suis pas aussi lâche que vous semblez le croire, madame. Vous me connaissez mal.

– Je ne demande qu'à mieux vous connaître, monsieur Valombra, murmura Pandora avec un sourire diabolique.

Graziani, en ouvrant la porte avec fracas, nous fit tous sursauter. Cramoisi d'excitation, les cheveux dressés sur le haut de son crâne comme la crête d'un

Iroquois, il s'affaissa sur le canapé et demanda encore du café. Tandis qu'il buvait, Pandora l'exhorta à parler. Elle ne tenait plus en place. Lorenzo non plus.

Ugo Graziani souriait de toutes ses dents.

– Je crois… oui, je pense, que nous pouvons commencer à envisager la possibilité qu'il s'agisse effectivement d'un Ucello. Mais il nous faut être prudents. Très prudents… Avec votre permission, madame, un confrère viendra voir le tableau à son tour. Nous avons encore quelques recherches à faire avant de pouvoir le certifier. Savez-vous qui pourrait être cette jeune femme ?

Il rayonnait de bonheur.

– Une princesse florentine ? proposa la baronne.

– Un modèle célèbre ? dis-je.

– Quelqu'un de la famille d'Ucello ? surenchérit Lorenzo.

– Vous ne croyez pas si bien dire, Lorenzo… Il s'agit sans doute de la propre fille de Paolo Ucello, Antonia.

Nous contemplâmes le portrait avec un silence respectueux.

– Mais comment le savez-vous ? demanda Lorenzo.

Graziani se tortillait de bonheur.

– C'est tout simplement écrit en bas du tableau ! *Anima Ucellin A Paoli Opera* signifie « L'âme et la petite oiseline sont les œuvres de Paolo ». *Ucellina*, « oiseline », est un jeu de mots amusant forgé à partir du surnom « Ucello » – oiseau en italien – attribué à Paolo di Dono, grand admirateur de volatiles. Le « A » majuscule après Ucellin indique celui du prénom d'Antonia, sa fille, qui mourut en 1491, à trente-cinq ans.

Le professeur expliqua que l'on savait peu de chose d'Antonia, dite *Soror* – « sœur » – Antonia, simplement qu'elle avait été moniale carmélite et peintre, et que son style avait gardé la trace du talent inégalable de son père. Mais son visage demeurait, jusqu'ici, un mystère. Aussi le portrait posséderait-il une valeur inestimable puisqu'il mettrait en lumière les traits de la fille unique d'Ucello.

Je contemplai le fin profil de cette jeune fille d'un autre temps, et le cœur de Constance battit à tout rompre, au point de me faire mal. De ce geste qui m'était devenu coutumier, je collai ma paume à ma poitrine. Il se calma sous mes doigts, apaisé, comme reconnaissant.

Lorenzo me surveillait du coin de l'œil, partagé entre l'incrédulité et l'émotion.

De retour à Paris, je m'attelai au seul projet qui m'importait désormais, celui d'écrire le roman de mon histoire.

J'en avais eu l'idée à Landifer, peu avant mon départ, et je n'avais pas cessé d'y penser. Publié ou pas, ce livre subsisterait après moi, il serait la preuve formelle que je n'avais rien inventé. L'envie d'écrire me démangeait, et mes doigts brûlaient de taper sur le clavier de mon ordinateur. Je savais déjà comment j'allais commencer mon roman. J'avais trouvé sans peine ma première phrase. J'étais prêt à me lancer dans cette nouvelle aventure.

Bruce Boutard romancier? Pourquoi pas? Comment ne pas résister à l'appel de l'écriture? Ce qui m'était arrivé était unique, et je revendiquais le droit de coucher mon récit sur le papier, de faire renaître les événements qui avaient bouleversé mon existence. Ce n'était ni de la prétention, ni de la folie. C'était une nécessité.

Mais avant d'y consacrer le plus clair de mon temps, je dus revoir le professeur Berger-Le Goff pour passer de nouveaux examens. Il me suffit de lire dans ses yeux pour comprendre que je n'étais pas tiré d'affaire.

Il chercha ses mots, forma une pyramide pointue de ses mains qu'il logea sous son menton, et parla enfin : j'avais contracté un virus qui s'attaquait à ma moelle épinière malgré les médicaments antirejet que je prenais avec assiduité depuis mon opération. Une myélite, infection dont on pouvait guérir assez facilement, si d'aventure on avait des anticorps robustes. Ce n'était pas mon cas.

Je l'écoutai, attentif, mais blasé. Comment lui expliquer que la maladie, la mort, ne me faisaient plus peur, moi qui les avais frôlées de si près ? Je devais me reposer, prendre une nouvelle série de médicaments afin de tenir à distance le virus qui s'était infiltré en moi.

Mais le désir d'écrire occulta ma maladie. Une fois le premier paragraphe « pondu », le reste suivit comme les wagons d'une locomotive. J'en fus le premier étonné. Cette facilité me déconcerta autant que si j'avais goûté un café salé par mégarde.

Pourquoi, comment était-ce si simple ? J'avais toujours entendu dire que les « vrais » écrivains transpiraient devant un écran vide ou une feuille blanche en attendant l'inspiration. La muse qui me visitait jour après jour était d'une réjouissante fécondité.

Et le reste, soudain, n'eut plus d'importance.

Je partageais mes journées entre sieste et écriture. Je ne sortais plus. Joséphine se lassa de ce nouveau rythme. Moins patiente depuis mon retour de Serneus, elle en avait sans doute assez d'endosser le rôle d'infirmière. Elle vint me voir moins souvent.

Nous ne fîmes que rarement l'amour. Avait-elle rencontré un homme plus jeune, plus vigoureux, capable de la combler ? Attristé par son indifférence, j'essayai de lui parler. Elle ne m'écoutait pas. Je fis part de mon désarroi à Mathieu. Le comportement de Joséphine le décevait également. Il me conseilla comme il le put.

Ne ferais-je pas mieux de moins penser à elle ? Elle était jeune. Je me devais de la laisser s'envoler. Si forte de son habitude de grands malades, ne se protégeait-elle pas ainsi en prenant ses distances, afin de ne pas souffrir de ma faiblesse ? Peut-être me reviendrait-elle lorsque je serais guéri, que je serais en mesure de la reconquérir ? Sans doute mon fils avait-il raison.

La souris de mon ordinateur en main, tel un roi muni d'un sceptre sacré, je devenais tout-puissant. Je créais. J'effaçais d'un cliquetis chagrin d'amour, souffrance, myélite, solitude. Je bâtissais des chapitres entiers avec la concentration d'un maçon qui élève un à un les murs d'une maison. Mon roman prenait forme, il grandissait, grossissait, se nourrissait de moi, de ma substance, de ma moelle épinière avariée, de mes doutes, de mes craintes, de mes certitudes, de mes plaisirs, de mes peines. Mais, en retour, il entrouvrait des portes insoupçonnées de mon esprit et me faisait prendre la poudre d'escampette ; il m'oxygénait, il me droguait, il me protégeait. Je façonnais avec ce livre sans titre le bouclier imaginaire et invincible qui tenait l'ennemi à distance.

Je ne voyais pas le temps passer. Cela arrivait-il aux autres, aux « vrais » écrivains ? Les goncourables, les médicistes, les renaudins vivaient-ils comme moi ces heures tronquées à force d'écrire ou ces journées muées en semaines, métamorphosées en mois à leur insu, réduisant le cours du calendrier à une peau de chagrin ? Où étaient passés le temps, les aiguilles de la montre mortes d'ennui sur le cadran, le sable figé dans le sablier, le soir qui tardait à tomber, le jour qui refusait de se lever, le mois prochain qui paraissait encore lointain ? Comment ! On était déjà en mai ! Mais qu'avaient été février, mars, avril ?

Seul l'espace de plus en plus important qu'occupait mon livre dans le disque dur de l'ordinateur, 1 747 080 octets, me fit prendre conscience du passage des jours, comme le visage de plus en plus préoccupé du professeur lors de nos rendez-vous. La myélite gagnait du terrain dans mon organisme affaibli. La maladie prenait de l'ampleur, comme mon roman, mais la sienne était une avancée malveillante.

Était-il seulement bon, ce livre ? Quelle importance ! Je ne prévoyais ni de le faire lire, ni de le faire publier. Caché dans la mémoire de mon ordinateur, accessible par un code secret, je le savais à l'abri de tout regard indiscret.

Serneus me manquait. La baronne aussi, même si elle me téléphonait tous les deux jours.

Le soir venu, je l'imaginais dans son grand salon alors que la nuit tombait sur la montagne de Gotchschna qui, à cette heure-ci, prenait des reflets bleus. Dolorès devait s'affairer, tirer les rideaux, allumer les lampes, le feu dans la cheminée. Elle versait le whisky « on the rocks » de la baronne et lui servait son petit bol de cacahuètes salées, tandis que Pandora choisissait la musique de la soirée.

Un choix primordial ! Car il devait se conjuguer au vin dont elle ne goûterait que quelques gorgées, au dîner délicat préparé par Dolorès, puis aux deux ou trois bouffées d'une Dunhill Extra Mild qu'elle se permettait après le repas. « Avec Mozart, on ne se trompe jamais », m'avait-elle dit un jour. Quant à moi, le soir, j'écoutais *Cosi Fan Tutte*. En son honneur. C'était grâce à elle que j'avais appris à aimer l'Amadeus.

Garance passait souvent me voir. C'était toujours étrange pour moi de me trouver en présence de la sœur de mon donneur. Parfois, je l'appelais Constance, sans le faire exprès. Cela la faisait sourire. Mais ce qui m'amusait davantage, c'était le manège de mon fils quand il la croisait chez moi. Il était tombé amoureux de Garance, et il perdait de sa superbe devant elle. Mathieu rougissait, bafouillait, se prenait les pieds dans le tapis. Cependant, Garance ne semblait pas indifférente à ses timides avances, bien qu'elle fût plus âgée que lui. J'aimais l'idée d'un Boutard et d'une Delambre unis à nouveau par les liens du cœur.

Les apprentis romanciers, à qui tout est permis sur le papier, ont bien le droit de rêver !

Lorenzo me téléphona un matin. Le grand moment, le jour tant attendu était arrivé. Il tenait à me l'annoncer de vive voix.

Antonia Ucello allait faire son entrée aux Offices, en grande pompe. La baronne m'apprit que la cérémonie se déroulerait sans elle, malgré l'insistance de Lorenzo et de Graziani. Elle avait, disait-elle, passé l'âge de ce genre d'événement. Le long voyage la fatiguerait trop, Il en fut de même pour moi. Le professeur Berger-Le Goff s'y opposa avec un non catégorique, malgré mes supplications.

Je décidai d'envoyer Mathieu en délégation. Il me représenterait, avec Garance à son côté, ainsi que les Delambre. Tout ce petit monde logerait chez les Weatherby, invités eux aussi à la cérémonie.

Mathieu partit pour la Toscane et me laissa seul avec mon ordinateur. Ma solitude, ce soir-là, se fit intolérable.

Je tentai de joindre Pandora à Serneus. J'obtins son répondeur. Elle devait dormir. Je n'avais plus vu Joséphine depuis plusieurs semaines. À notre dernier dîner, elle m'avait semblé encore plus distante. S'était-elle trouvé un nouvel amant ? lui demandai-je de but en blanc. « Ne sois pas ridicule ! » avait-elle sifflé, les joues un peu trop rouges.

Ma pauvre Joséphine, comme tu mens mal ! Je devine que tu cherches à me préserver, moi le malade, moi « l'ombre de moi-même », moi ton ex à la virilité rabougrie par les miasmes, mais j'aurais préféré que tu me dises la vérité, que tu me la balances en pleine figure comme ces tartes à la crème des films comiques. À moi de digérer ta trahison, d'en faire mon deuil, d'essayer de tourner la page. Je me sentais prêt à tout entendre, à tout encaisser, sauf la persistance de ton mensonge. Tu n'en démords pas, le regard obstiné, les lèvres boudeuses.

Tout à coup, une vision précise me traversa, je me vis, moi, à la place de Joséphine – la bouche maussade, les yeux butés – en train de nier farouchement une infi-délité, « la tête sur le billot » : « Mais enfin, Élisabeth, il ne s'est rien passé avec cette fille, je te le jure… » Et ma femme d'arborer la même expression que celle que je devais avoir aujourd'hui ; cette lassitude, cette douleur, cette raideur. Il était temps de rectifier le tir.

Je pris la main de Joséphine avec un sourire étrange qui la coupa net dans son élan d'énergiques dénéga-tions.

— Tu ne m'aimes plus ? bredouilla-t-elle comme une fillette punie.

J'embrassai son front.

– J'aime ce que nous avons été, mais plus ce que nous sommes devenus.

Et avec ces mots un peu énigmatiques, je la raccompagnai à la porte.

C'est la première fois qu'écrire ce roman me paraît une corvée. Je regarde l'écran de l'ordinateur avec la passivité d'un retraité devant sa télévision.

Je me suis couché, seul et fatigué.

Une certitude m'a effleuré juste avant de m'endormir.

Celle qu'il ne me reste plus très longtemps à vivre.

Mathieu fut de retour. Sa gaieté me remonta le moral. Il s'était passé un événement inattendu pendant le déroulement de la cérémonie.

Le conservateur du musée, Beppe Ruspolini, était très en retard, et la foule qui attendait dans la salle numéro 7 piaffait. Mais que faisait donc le conservateur ? Un jour comme celui-ci ! Son assistante lançait des regards affolés vers l'entrée. Téléphone portable collé à l'oreille, elle tentait désespérément de joindre son patron. Mathieu, Garance, les Weatherby, les Delambre, Graziani, Lorenzo et sa famille se tenaient dans un périmètre délimité par un cordon rouge.

Un murmure général se fit entendre. On s'ébroua. L'assistance poussa un soupir de soulagement. Le conservateur venait d'arriver, rejoint par le professeur Graziani. Ils se dirigèrent tant bien que mal vers une petite estrade. Beppe Ruspolini se gargarisait du son de sa propre voix. Le niveau sonore n'avait cessé de grimper depuis qu'il avait pris la parole. On ne l'écoutait plus. Certains parlaient ouvertement devant lui.

Enfin, il se tut. Le portrait devait être accroché à côté de *La Bataille de San Romano*. Un espace spécial lui avait été réservé, marqué d'une plaque dorée. En l'absence de la baronne Landifer, cette tâche revenait au conservateur. Un tohu-bohu se fit entendre.

Un personnage étonnant s'avança vers l'estrade, d'une démarche lente mais sûre. On s'écarta respectueusement pour le laisser passer. Beppe Ruspolini et Ugo Graziani se figèrent, puis s'inclinèrent.

– Tu ne devineras jamais qui c'était ! fit Mathieu.

Je m'en doutais, au contraire. Pandora ! Voilà pourquoi j'étais tombé sur son répondeur, le soir avant la cérémonie. Elle était déjà à Florence.

La baronne portait un tricorne planté de plumes d'autruche noires, et une cape de satin noir qui traînait derrière elle avec un chuintement audible.

Arrivée devant les deux hommes, elle leur adressa un sourire triomphal.

– Je suis venue, annonça-t-elle. Et je crois que c'est à moi d'accrocher le tableau.

Mathieu s'esclaffa.

– La tête de Ruspolini ! Si tu l'avais vu ! Il était vert.

Aidée par Lorenzo, Pandora monta sur l'estrade. Le professeur Graziani lui donna le portrait, sous le regard mi-figue, mi-raisin du conservateur. Elle le contempla, puis l'accrocha à sa place d'un geste sûr. Les photographes s'avancèrent avec la frénésie d'une meute affamée. Les flashes crépitèrent, et un tonnerre d'applaudissements déferla sur le musée.

La baronne déchiffra à haute voix la plaque dorée sous le portrait :

PORTRAIT D'ANTONIA DI DONO PAR SON PÈRE, PAOLO DI DONO, DIT PAOLO UCELLO, CIRCA 1472. DON DE LA BARONNE PANDORA LANDIFER AU MUSÉE DES OFFICES, EN MÉMOIRE DE CONSTANCE DELAMBRE ET DE BRUCE BOUTARD.

Plusieurs micros furent lancés, telles des fusées, vers la bouche de la vieille dame.

– Je vous signale qu'en dépit de cet « en mémoire », M. Boutard est encore en vie. Tant mieux ! Et c'est surtout à lui, et à Constance Delambre, que je pense aujourd'hui.

Elle balaya d'un geste blasé de la main les micros et descendit de l'estrade, pour rejoindre le groupe derrière le cordon rouge.

Rapide comme l'éclair, Ruspolini saisit l'occasion. La presse avait-elle des questions ? Il y répondrait ! Il était là pour cela ! Qu'on lui pose des questions, des tas de questions !

Mathieu s'en alla. L'esprit égayé par cette histoire, j'imaginai la première nuit d'Antonia aux Offices, à l'heure calme où le musée s'était vidé des centaines de touristes qui arpentaient ses couloirs, où l'équipe de nettoyage prenait, comme à l'accoutumée, son service pour en cirer les parquets, vider les poubelles, rendre le musée propre comme un sou neuf pour l'ouverture du lendemain.

J'imaginai qu'Antonia devait trouver sa nouvelle habitation gigantesque et bruyante, après tant d'années calfeutrée à Landifer. Où avait-elle dormi avant de loger dans la maison de l'oncle de Pandora ? Dans un grenier de Sienne ? Un palais florentin ? Elle allait devoir s'habituer aux regards posés sur elle, au va-et-vient incessant de la foule, à ces visages inconnus, inquisiteurs.

J'imaginai aussi un jeune homme consciencieux, vêtu d'une combinaison bleue, qui poussait devant lui un lourd chariot rempli de balais, d'éponges, de chiffons et de sacs-poubelle. N'avait-il pas été impressionné, au début, de côtoyer des œuvres d'art chaque soir en faisant le ménage ? Mais, à la longue, il s'était habitué aux traits d'une Vierge, aux courbes d'une sculpture.

Il me sembla que je quittais la rue de Charenton et mon appartement pour me retrouver au musée des Offices, en observateur invisible derrière ce jeune homme qui se penchait pour lire la plaque accrochée sous le portrait d'Antonia, la nouvelle acquisition du musée.

– Ne t'approche pas trop, Taddeo ! Ça vaut de l'or !

En se retournant, il vit qu'un des gardes le regardait en riant.

– C'est nouveau ?

– C'est arrivé aujourd'hui. Tu viens prendre un verre ?

— Je n'ai pas terminé, fit Taddeo. Il me reste la 8 et la 9.

— Alors, *ciao*! Dépêche-toi, on va fermer.

Les pas du garde s'éloignèrent. Taddeo se retourna vers le portrait. Il le contempla longtemps.

Puis il sursauta : ses deux heures s'étaient presque écoulées. On allait fermer le musée, et il n'avait pas fini. Il bâcla les salles restantes, essoufflé.

Il n'aurait voulu pour rien au monde être enfermé dans le musée pour la nuit. La mésaventure était déjà arrivée à un de ses collègues. Pas moyen de bouger jusqu'au lendemain matin sans déclencher le système d'alarme et l'arrivée immédiate de la police; pas moyen de faire un signe aux gardes de nuit qui se trouvaient dans une salle de surveillance électronique de l'autre côté du bâtiment.

Taddeo prépara son badge muni d'une puce qui lui permettait de quitter le musée.

Mais il désirait voir Antonia une dernière fois. Elle était belle, même dans l'éclairage lunaire des veilleuses actionnées par le garde en partant.

Paolo Ucello avait donc une fille. Quelle était son histoire ? Qui avait retrouvé ce portrait, et comment ? Qui étaient Constance Delambre, Bruce Boutard ?

Taddeo savait qu'il était seul à l'étage. Son collègue, Mario, responsable des autres salles du corridor, était parti.

Cependant, il sentait une présence à son côté. Il jeta un regard par-dessus son épaule. Il n'y avait personne. Le musée serait-il hanté ? Il était si ancien !

L'impression d'une compagnie silencieuse s'accentua.

Malgré le vide de la grande salle 7, Taddeo jeta un coup d'œil circulaire et peureux autour de lui, fouillant les zones d'ombre qui envahissaient les recoins comme des buissons touffus aux feuilles noirâtres.

Qui se tapissait derrière ces traîtres clairs-obscurs ? Un touriste égaré ? Un fantôme ? Ou bien était-ce Mario qui jouait à lui faire peur ?

Tu as raison, Taddeo, aurais-je eu envie de lui répondre. Tu n'es pas seul. J'admire avec toi la pâleur d'un profil qui se détache dans la pénombre. Tu ne me vois pas, mais tu flaires ma présence.

Peu à peu tu m'oublies, tant « Ucellina » te fascine.

— Bienvenue, Antonia, lui aurais-tu dit à voix haute.

Il te reste trois minutes avant la fermeture des portes, et tu n'as toujours pas rangé ton chariot. Mais tu as du mal à détacher tes yeux de ce portrait, n'est-ce pas ?

Sais-tu que la nuit venue, Antonia attire une cohorte d'admirateurs secrets, d'un autre temps, d'une autre vie ?

Si tu tends l'oreille, si tu maîtrises ta crainte, si tu parviens à faire le silence en toi, tu capteras ces hommages silencieux, aussi imperceptibles, aussi légers qu'un bruissement d'ailes.

Épilogue

Avec hargne, Harold Harbin mâchouillait ce qui lui restait de son cigare comme s'il s'agissait d'un chewing-gum. Par les fenêtres de son grand bureau, une pluie d'hiver tombait sur le jardin du Luxembourg avec l'opacité grise d'un rideau.

Il était de mauvaise humeur. La capitale était à nouveau la proie de grèves qui engendraient de monstrueux embouteillages et des heures et des heures de retard. Il soupira en entendant la sourde rumeur des manifestants stoïques qui remontaient la rue de Rennes malgré la pluie.

À peine était-il sorti d'une réunion interminable avec des représentants en librairie soporifiques, que s'étaient enchaînés les cataclysmes à une cadence infernale.

Une de ses romancières préférées exigeait un à-valoir obscène, tout en menaçant de donner son (excellent) livre à une maison rivale ; le dernier ouvrage d'un de ses auteurs phare ne se vendait pas ; et sur sa table de travail trônait la toute fraîche et désastreuse critique du *Monde* sur le premier roman d'un ex-ministre qu'il avait fait l'erreur de publier.

Ce soir, il se rendait avec des pieds de plomb chez une actrice vieillissante qui lui avait promis la primeur de ses Mémoires. Il se sentait obligé d'y aller, car son concurrent, le détestable Frédéric Loxe, était lui aussi sur le coup. Il se méfiait comme de la peste de Frédéric Loxe. Ce type passait sa vie à lui piquer des auteurs. Et vice versa…

Quelqu'un qui frappait à la porte l'extirpa de ses sombres rêveries. Du haut de sa soixantaine argentée, l'éditeur soupira.

– Entrez ! grommela-t-il.

La porte s'ouvrit.

Harold Harbin fit pivoter son large fauteuil de P-DG d'un coup de pied adroit. Le menton levé, il s'apprêtait à torpiller du regard l'effronté qui osait enfreindre l'intimité de son sanctuaire.

C'était une femme d'une quarantaine d'années dont le visage lui était vaguement familier. Mais il était incapable de dire son nom.

– Oui ? fit-il.

– Bonjour, monsieur Harbin, murmura l'intruse.

Il la regardait toujours avec méfiance. Comment diable avait-elle franchi le barrage de sa secrétaire Évelyne, un véritable cerbère ?

– Je suis Mme Boutard, annonça-t-elle, voyant qu'il ne semblait pas la reconnaître.

L'éditeur fronça les sourcils. Ce nom ne lui disait rien.

274

– Votre standardiste, précisa la jeune femme, avec un sourire quelque peu ironique.

L'éditeur se sentit embarrassé.

– Ah, oui, Élisabeth… marmonna-t-il.

Il ne connaissait de la standardiste que son prénom au sein de la ruche bourdonnante qu'était devenue sa société, avec la cinquantaine de personnes qui œuvraient dans les méandres de ses couloirs. Il n'avait jamais dû lui adresser la parole, à part les « bonjour » et « bonsoir » d'usage.

– Asseyez-vous, gronda-t-il en écrasant avec force le mégot humide de son cigare dans un cendrier de cristal mauve. Je n'ai pas beaucoup de temps à vous accorder.

Elle prit place dans le fauteuil qu'il lui désigna d'un index impérieux.

– Je sais que vous êtes occupé, monsieur Harbin. Je voudrais savoir si vous pouvez jeter un coup d'œil à ce manuscrit.

– Vous en êtes l'auteur ?

– Non, fit-elle.

Elle semblait décidée à ne pas en dire plus.

– S'agit-il d'un roman ?

– Oui.

Harold Harbin s'étonna de cette démarche étrange. Il trouva la manœuvre culottée, mais il en admira malgré lui l'audace.

– Vous ne préférez pas le donner à un de nos directeurs littéraires ?

– C'est votre avis qui m'importe, monsieur.

– C'est pourtant la procédure.

– Je sais bien.

– Vous ne souhaitez pas m'en apprendre plus sur ce livre ou son auteur ?

– Non, dit-elle avec fermeté.

Il la trouva aussi secrète qu'opiniâtre. Elle l'observa, promena son regard sur son visage.

– Pouvez-vous le lire ? hasarda-t-elle.

Il décela quelque chose dans ses yeux : un soupçon d'espoir, une pointe de souffrance ; des sentiments insaisissables qu'elle effaçait déjà d'un rapide clignement de paupières, comme un essuie-glace balaie la pluie sur un pare-brise.

– Je vais voir ce que je peux faire. Mais j'espère que vous n'êtes pas trop pressée…

Elle lui fit un sourire, et il se sentit soudain investi d'une immense bonté.

– Merci, fit-elle à voix basse.

Sa main droite effleura la sienne.

Elle se sauva. Il feuilleta le manuscrit rapidement. Sur la page de garde, il n'y avait rien, ni titre, ni nom, juste un numéro de téléphone griffonné à la hâte. Il remarqua que tous les noms et prénoms du récit avaient été remplacés par des initiales. Cela attisa sa curiosité.

Son assistante téléphona pour lui annoncer l'arrivée de son prochain rendez-vous. C'était un célèbre auteur espagnol.

L'éditeur en oublia Élisabeth Boutard.

Le manuscrit en sommeil sur une étagère du bureau d'Harold Harbin se couvrit d'une fine couche de poussière. À la mi-printemps, l'éditeur eut enfin une heure devant lui ; moment d'exception dû à un pont du mois de mai qui avait vidé la capitale et sa maison d'édition. Son assistante lui avait glissé une liste de choses à faire : « Lire le manuscrit de Mme Boutard ! » venait en premier.

Il chercha longtemps le manuscrit de la standardiste. L'avait-il égaré ? se demanda-t-il. Toujours gênant, pour un éditeur, d'annoncer à quelqu'un la perte de son ouvrage. Mais cela arrivait…,

Il le trouva enfin, caché sous des piles d'épreuves, de rebuts en tout genre. Il s'installa, chaussa ses lunettes de lecture. L'examiner serait l'affaire de quelques minutes pour le professionnel qu'il était. Ensuite, il trouverait bien quelque chose de gentil à écrire à Élisabeth Boutard ; une de ces formules toutes prêtes, pas méchantes, pour refuser le manuscrit. Il en avait, hélas, une longue habitude.

Deux heures après, Harold Harbin lisait toujours, incrédule, conquis. Qui avait écrit cette histoire ?

Il demanda à son assistante de faire venir Élisabeth Boutard de toute urgence.

— Mais elle est en congé cette semaine, monsieur ! Elle ne sera pas là avant dix jours.

Il n'avait même pas remarqué la remplaçante au standard.

À la hâte (parce qu'un éditeur alléché est un éditeur pressé), il composa le numéro inscrit sur la page de garde du texte. Il sonna longtemps. Pas de réponse.

Depuis leur entrevue, Élisabeth Boutard avait-elle transmis ce manuscrit à d'autres éditeurs ? Rien ne l'en empêchait. Peut-être, dépitée d'attendre une réponse qui tardait à venir, l'avait-elle donné à Frédéric Loxe… Horreur !

Pendant le reste de la journée, Harold Harbin composa le numéro en vain. Il fit d'autres tentatives de chez lui, jusque tard dans la nuit. Pas de réponse.

Le lendemain soir, vers 21 heures, une voix d'homme, assez jeune, lui répondit enfin.

— Bonsoir, c'est Harold Harbin ! fit-il, certain de trouver au bout du fil l'interlocuteur transi dont il avait l'habitude : un auteur arc-bouté comme sous l'effet d'un électrochoc par l'annonce d'un nom si célèbre dans le milieu littéraire.

— Oui, et alors ? lança le jeune homme d'une voix blasée.

Harold Harbin faillit en avaler son cigare. Il émit un râle étranglé.

– Vous êtes toujours là ? demanda l'insolent frelu-quet. Qui demandez-vous ?

– L'auteur d'un manuscrit qui m'a été confié par Élisabeth Boutard, siffla Harbin. Ça vous dit quelque chose ?

Le jeune homme s'étouffa, honteux :

– Oh, excusez-moi, monsieur !

– Et vous, vous êtes… ?

– Mathieu Boutard. Vous avez aimé le livre ? On m'a dit que c'était bon signe si vous appeliez.

Harold Harbin tentait de comprendre.

– Je suis chez Élisabeth Boutard ?

– Oui. Elle est en vacances. Je suis son fils.

L'éditeur embraya.

– Votre roman est formidable, jeune homme. Je l'ai lu d'une traite. Je voudrais le publier.

– Le publier ? répéta une voix incrédule. Vraiment ? Mais c'est merveilleux…

L'éditeur lui accorda le temps de reprendre ses esprits. Puis il revint à la charge.

– L'avez-vous envoyé à d'autres éditeurs ?

– Aucune idée. C'est maman qui s'est occupée de tout cela.

– Quel âge avez-vous ? Vous semblez très jeune.

– J'ai presque vingt ans, monsieur.

– C'est votre premier roman ?

Il y eut un petit silence.

– Mais il ne s'agit pas de mon livre, monsieur Harbin.

– Comment cela ?

– C'est celui de mon père.

– Votre père !

– Oui.

Qu'importait l'auteur du roman, après tout ! Père ou fils, bru ou marâtre, cousin, cousine, Harbin voulait ce livre. Il l'aurait.

– M. Boutard est-il là ? Puis-je lui parler ? Nous devons prendre rendez-vous pour la signature du contrat. Nous pouvons négocier un à-valoir tout à fait consistant pour un premier roman. Il n'y a pratiquement rien à revoir dans le manuscrit. Quelques bricoles, des longueurs, vraiment peu de chose. Votre papa a-t-il une idée du titre ? On pourrait envisager une publication pour la rentrée, ce serait bien, je pense. Passez-le-moi, s'il vous plaît.

Mathieu Boutard ne disait plus rien.

– Il n'est pas là ? Où peut-on le joindre ? insistait Harbin. Je dois le voir, dès cette semaine.

– Non, monsieur. Vous ne pouvez pas le voir. Je signerai le contrat à sa place, si vous le voulez bien. C'est possible ?

– Bien entendu. Venez mardi soir, à six heures. Peut-être votre père acceptera-t-il de me rencontrer dès qu'il se saura publié ?

– Mon père est mort il y a un an, répondit Mathieu. J'ai trouvé ce roman par hasard, caché dans la mémoire de son ordinateur, six mois après son décès. Avec ma fiancée Garance, la sœur du donneur de papa, nous avons décidé de faire publier ce livre. Ma mère a pensé à vous. Un instant, monsieur, j'ai un double appel… Restez en ligne…

L'éditeur patienta. Il rêvait déjà au succès futur de cette histoire de cœur, se voyait en train de signer le contrat avec Mathieu Boutard, imaginait la jaquette du livre, la quatrième de couverture.

Il songeait à sa mise en place, au tirage, aux droits à l'étranger, à ceux du cinéma, et pensait aux critiques littéraires importants auxquels il faudrait au plus vite envoyer un jeu d'épreuves…

Quelle aubaine, ce livre! Quelle belle surprise! Il piaffait de bonheur, ralluma son cigare, en aspira d'épaisses bouffées de fumée avec un plaisir goulu.

Son attente s'éternisa. Il souffla dans le silence du combiné. Que faisait le petit Boutard? L'avait-il oublié?

— Me revoilà! fit Mathieu après un long moment. Excusez-moi, c'était un autre éditeur auquel maman avait envoyé le livre avant de partir en vacances.

Harold Harbin mordit son cigare avec une telle vigueur qu'il faillit le trancher en deux.

— Un autre éditeur? glapit-il.

— Figurez-vous qu'il est toujours sur l'autre ligne. Il veut aussi publier le roman de mon père. Frédéric Loxe, ça vous dit quelque chose? Il est d'un tenace!

Depuis que j'ai écrit ce livre, j'ai une carte de donneur. Si vous souhaitez faire de même, vous pouvez vous rendre sur le site : http ://www.france-adot.org/

Tatiana de Rosnay
dans Le Livre de Poche

Boomerang   nᵒ 31756

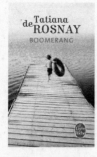

Sa sœur était sur le point de lui révéler un secret… et c'est l'accident. Elle est grièvement blessée. Seul, l'angoisse au ventre, alors qu'il attend qu'elle sorte du bloc opératoire, Antoine fait le bilan de son existence : sa femme l'a quitté, ses ados lui échappent, son métier l'ennuie et son vieux père le tyrannise. Comment en est-il arrivé là ? Et surtout, quelle terrible confidence sa cadette s'apprêtait-elle à lui faire ? Entre suspense, comédie et émotion, *Boomerang* brosse le portrait d'un homme bouleversant, qui nous fait rire et nous serre le cœur. Déjà traduit en plusieurs langues, ce roman connaît le même succès international que *Elle s'appelait Sarah*.

Paris, juillet 1942 : Sarah, une fillette de dix ans qui porte l'étoile jaune, est arrêtée avec ses parents par la police française, au milieu de la nuit. Paniquée, elle met son petit frère à l'abri en lui promettant de revenir le libérer dès que possible. Paris, mai 2002 : Julia Jarmond, une journaliste américaine mariée à un Français, doit couvrir la commémoration de la rafle du Vél d'Hiv. Soixante ans après, son chemin va croiser celui de Sarah, et sa vie changer à jamais. *Elle s'appelait Sarah*, c'est l'histoire de deux familles que lie un terrible secret ; c'est aussi l'évocation d'une des pages les plus sombres de l'Occupation. Un roman bouleversant sur la culpabilité et le devoir de mémoire qui connaît un succès international, avec des traductions dans vingt pays. *Elle s'appelait Sarah* a obtenu le prix Chronos 2008, catégorie Lycéens, vingt ans et plus.

Fraîchement divorcée, Pascaline, une informaticienne de quarante ans, vient de trouver l'appartement de ses rêves. À peine installée, elle apprend que ces murs ont été témoins d'un crime. Lentement, par touches infimes, ce drame fait surgir en elle une ancienne douleur, une fragilité restée longtemps enfouie. Pour en finir avec son passé, elle se lance alors sur les traces d'un tueur en série. Une quête obsessionnelle qui ravive ses blessures et l'amène à la lisière de la démence.

Moka

Une Mercedes couleur moka renverse Malcolm, 14 ans, avant de disparaître en trombe… Un enfant dans le coma, une famille qui se déchire et une mère qui ne renoncera jamais à découvrir la vérité. Qui s'est enfui en laissant son enfant sur la route ? Pleine de suspense, cette intrigue savamment menée nous fait découvrir un émouvant portrait de femme, digne de Daphné Du Maurier. Un roman fort et captivant.

Le Voisin

Un mari souvent absent. Un métier qui ne l'épanouit guère. Un quotidien banal. Colombe Barou est une femme sans histoires. Comment imaginer ce qui l'attend dans le charmant appartement où elle vient d'emménager ? À l'étage supérieur, un inconnu lui a déclaré la guerre. Seule l'épaisseur d'un plancher la sépare désormais de son pire ennemi… Quel prix est-elle prête à payer pour retrouver sommeil et sérénité ? Grâce à un scénario implacable, Tatiana de Rosnay installe une tension psychologique extrême. En situant le danger à notre porte, elle réveille nos terreurs intimes.

Composition réalisée par Datagrafix

Achevé d'imprimer en décembre 2011, en France sur Presse Offset par
Maury-Imprimeur – 45330 Malesherbes
N° d'imprimeur : 169927
Dépôt légal 1re publication : septembre 2011
Édition 03 – décembre 2011
Librairie Générale Française – 31, rue de Fleurus – 75278 Paris Cedex 06

31/2772/7